Sweet & Bitter

スウィート&ビター

甘いだけじゃない
4つの恋の
ストーリー

恋に正解ってある?

佐藤いつ子　高杉六花
額賀澪　オザワ部長

岩崎書店

Sweet & Bitter《スウィート&ビター》

甘いだけじゃない
4つの恋の
ストーリー

恋に正解ってある?

プロローグ PROLOGUE

恋《こい》に正解ってあるの？

自分や相手の見た目を気にしすぎて、本当のよさに気づけなかったり、

ほのかな恋心が無惨《むざん》にも砕《くだ》け散ったり、

期待とはまったく別の展開《てんかい》が待っていたり、

理《り》不《ふ》尽《じん》なルールに縛《しば》られてしまったり。

私たちはいつも、甘《あま》いお菓子《かし》のような恋を期待しながら、

思いもかけない出会いや、心の動きに翻弄《ほんろう》されています。

もっと簡単《かんたん》に、正解が見つけられたらいいのに。

思わず、そう願ってしまうこともあるでしょう。

でも、正解を見つけたくても見つけられないのが、恋というものかもしれません。

自分だったらどうする?

そんな、甘いだけじゃない4つの恋のストーリーをあつめました。

Sweet

甘いだけじゃない
4つの恋の
ストーリー

恋に正解ってある?

目次
contents

Sweet

監修　合田文
装画　中島梨絵
装丁　原条令子デザイン室

中学生の
つきあうきっかけ

佐藤いつ子

ITSUKO SATO

——中学　彼氏　きっかけ

ウェブサイトの検索《けんさく》ボックスに入力した、恥《は》ずかしすぎのキーワードは、極秘事項《ごくひじこう》。あとで念のため、履歴《りれき》も消去しなくちゃ。

と、「中学生のつきあうきっかけランキング」なんてものがヒットしてきて、わたしは思わずスマホに顔を近づけた。

1．ひとめ惚《ぼ》れ型（おたがいがひとめ惚れ）

2．純愛《じゅんあい》王道型（偶然《ぐうぜん》の出会いから紆余曲折《うよきょくせつ》を経る）

3．告白先行型（告白されてなんとなく好きになる）

4．興味先行型（恋愛《れんあい》に対する興味だけ）

なるほど、なるほど。やっぱり理想は1番か2番だよねえ。

でも、ひとめ惚れ型だと、つきあっていくうちに思ったのと違《ちが》った、みたくなるかも知れないな。やっぱり純愛王道型か。なんか固い絆《きずな》って感じがするし。

「侑里《ゆうり》～。今日は買えたぞお」

そのとき、玄関《げんかん》でパパの弾《はず》んだ声がした。わたしはやれやれと、ベッドから上半身を起こした。廊下《ろうか》に顔を出すと、

「ジャーン」

パパは嬉々《きき》としてレジ袋《ぶくろ》を差し出した。中には、小袋がわんさか入っている。

「まさか、これ全部『かりんとまめ』？」

「そう、全部」

パパは真っ黒に日焼けしたドヤ顔で、大きくうなずいた。

「えー。全部って」

不満げな声に、パパは意外そうに目をぱちくりさせた。

「かりんとまめ、侑里の大好物だろ」

一度美味《おい》しいと言うと、パパはこれでもかというくらい、しつこく買ってくる。ひとり娘《むすめ》の喜ぶ顔が何よりの幸せらしい。

はなまる製菓《せいか》のかりんとまめは、かりんとうの中にピーナッツが入っている。かりんとうの黒糖《こくとう》の甘《あま》さとピーナッツの香ばしさの、絶妙《ぜつみょう》なハーモニーがなんともいえない。形状もまん丸でかわいらしい。

なのに、パッケージが昭和っぽくて残念すぎるせいか、あまり見かけない。このあたりでは、駅向こうの古びたEマートにしか置いていない。

しかも、いつでもあるわけではない、レアかつレトロなお菓子だ。

「ありがと」

へらっと笑って、レジ袋《ぶくろ》を受け取った。

「一個だけ置いといて、残り全部買ってきた。さすがに買い占めたら、他のファンに悪いかな、と思って」

「ファン……」

「部活の帰り、お腹空《なか》くだろ？　友だちの分も持っていくといいよ」

「うん、まあ」

学校にお菓子を持っていってはいけないし、かりんとまめはダサすぎて、友だちにはあげられない。

「スポーツのあとは、甘いものが食べたくなるよな。本当は血糖値《けっとうち》が急激《きゅうげき》に上がりすぎるから、よくないんだけど。まあ侑里《ゆうり》はプロテニスプレーヤーになるわけじゃないから、気にしなくていいけどね」

確《たし》かに、わたしがテニス部を選んだのは、華《はな》やかで映《ば》えそうなスポーツだったからだ。ダイエットは気にするけど、血糖値うんぬんは気にしない。

パパはプロサッカー選手だった。今でも食事や栄養にうるさい。パパの栄養談義が始まると長くなる。

「修吾《しゅうご》、早くシャワーしておいでよ。もうご飯できてるよ」

都合よく、ママが会話に割《わ》り込《こ》んでくれた。

ファーストネームで呼《よ》びあうパパとママは、中学のときからのつきあいだ。

パパより一学年下のママは、人気者のパパにコクられて、一発ＯＫだったとか。ママは、サッカーがうまくてイケメンのパパに、ずっと憧《あこが》れていたらしい。

わたしもパパみたいな人がいいな――。

って、わたし、ファザコン度やばくないか!?

自分に突《つ》っこんでみたけれど、それは認《みと》めざるを得ない。パパは、今はプロサッカーチームのコーチをしているが、現役選手時代は結構活躍《かつやく》した（らしい）。

幼稚園《ようちえん》のとき、たまにパパが迎《むか》えに来ると、ちょっとした騒《さわ》ぎになって、わたしは鼻高々だった。でも、小学校に上がると「侑里《ゆうり》のお父さんってサッカー選手なの？」と聞いてくれる人は、だんだん減っていった。三年前にパパが選手を引退《いんたい》してからは、その威光《いこう》はほぼなくなり、自尊心《じそんしん》をくすぐられることもなくなった。

でもわたしにとって、パパは理想の人。若見《わかみ》えするし、たくましいし、何より大好物のかりんとまめを、ほぼ買い占《し》めてくれるくらい、わたしのことが大好きで優《やさ》しいのだ。

またベッドに横になってスマホを摑《つか》んだ。夕飯前にお菓子《かし》を食べるとママに怒られそうだけど、小袋《こぶくろ》一個くらいならいいだろう。早速小袋を開けると、さっきの続きをスクロールしながら、ポリポリかじった。

純愛王道型《じゅんあい》、いいなあ。「偶然《ぐうぜん》の出会いから紆余曲折《うよきょくせつ》を経る」かあ。

サッカー部の二宮豪先輩《にのみやごうせんぱい》の姿《すがた》を思い浮《う》かべた。一学年上の豪先輩は、同じ小学校出身で、当時からダントツ人気だった。

豪先輩が六年生のとき、わたしたちは運動会で同じチームのリレー選手に選ばれていた。前半で遅《おく》れをとっていたのを、わたしは二位まで追い上げ、アンカーの豪先輩にバトンをつないだ。豪先輩はあっという間に前のランナーを追い抜《ぬ》き、ぶっちぎりで優勝《ゆうしょう》。

メンバーで手を取り合って喜びあった感動は、今だに鮮度《せんど》を保って胸《むね》にこみ上げる。

すごい、すごいと、みんなに褒《ほ》めそやされると、豪先輩は、

「いや、関《せき》が頑張《がんば》ってくれたから」

と、照れくさそうにわたしを見た。口の中に広がった黒糖《こくとう》の甘《あま》さくらいに、とろけるような甘い思い出だ。一生忘《わす》れない。

中学生になったら、豪先輩みたいな素敵《すてき》な彼氏とつきあうんだって、胸をときめかしてきた。なのに、なのに――。

入学してからすでに前期が過ぎたというのに、何も起きない。全くもっての無風状態。

自分ではまあまあいい線いってる、とこっそり思っている。小学校のときだって、そこそこモテた。もしや、モテ期は小学校で終わってしまったとか？

中学でも豪先輩《ごうせんぱい》は相変わらず輝《かがや》いていた。サッカー部でも活躍《かつやく》しているようだ。けど、わたしのことを忘《わす》れてしまったのか、このあいだ廊下《ろうか》ですれ違《ちが》ったとき、スルーされてしまった。豪先輩に投げかけたわたしの笑みは、行き場をなくした。なんとなく壁《かべ》を見たりして真顔に修正するのは、惨《みじ》めな気分だ。

同じクラスの相棒《あいぼう》、真菜美《まなみ》はサッカー部のマネージャーをしている。真菜美情報だと、豪先輩には彼女はいないらしいのだけれど。

夏休み前には一年生同士のカップルが、いくつか誕生《たんじょう》したという噂《うわさ》だ。焦《あせ》る。真菜美には「侑里《ゆうり》なんてすぐ彼氏できるかと思ったー」と言われる。自分でもそう思っていたのに。

あの子たち、どうせ告白先行型か興味先行型でしょ、と二袋目《ふたふくろめ》のかりんとまめに進んだ。ガリッと嚙《か》んだピーナッツが、奥歯《おくば》に詰《つ》まった。

夏休みも終わり、後期が始まって半月ほど経ったある日。帰りのホームルームが終わると、真菜美が人を押《お》しのけるようにして、近づいてきた。すごいむくれ顔だ。

「どした？」

「もう、マジで和尚《おしょう》キモいんだけど」

和尚というのは、本当は藤枝尚和《ふじえだまさかず》という名前だ。野球部でもないのに坊主頭《ぼうずあたま》で、絶壁頭《ぜっぺきあたま》から背中《せなか》にかけて定規を当てているみたいに一直線だ。いつもすこぶる姿勢《しせい》がよい。浮《う》き世離《よばな》れしているところから、和尚というあだ名がつけられている。

「ちょっと、真菜美。キモいはよくないよ」

真菜美にとってのひそひそ声は、ちっともひそひそしていない。和尚に聞こえているんじゃないかと気になって、そっと後ろを振《ふ》り返った。

そこだけしんと静けさをまとっているような和尚は、まわりのざわつきなど我《われ》関せず、少し先で床《ゆか》に落ちた紙くずを拾っていた。

和尚《おしょう》が有名なアスリートなら即《そく》美談となって、ＳＮＳで拡散《かくさん》されるのだろうけど、アスリートとは対極にいる和尚に気を留める人はいない。

「で、どした？」

あらためて小声で尋《たず》ねると、

「さっきの授業のとき、なんか熱視線《ねっしせん》感じてさ。振《ふ》り向いたら、和尚が斜《なな》め後ろからめっちゃ見てきてんの。それも何度も」

「熱視線！　ちょっともしかして和尚、真菜美《まなみ》のこと、好きなんじゃないの？」

思わず吹《ふ》きだすと、真菜美は頬《ほお》を引きつらせた。

「マジやめて。そんであたし、なんかムカついて、授業終わったら、なんか用ですかぁ？って聞いてやったのよ。そしたら和尚のやつ、顔真っ赤にして、もじもじしてさ」

「でしょ、やっぱり」

顎《あご》に力を入れて、笑いをかみ殺した。

「違《ちが》うよ。『謹《つつし》んでお伝えしますが……。スカートのファスナー、開いてますよ』って」

「あちゃー。和尚、謹んで、ときたか」

わたしは、おでこに手を当てた。和尚は言葉遣《づか》いも中学生っぽくなくて基本ていねい語、ときどきおとなみたいな言い回しも使う。

「侑里《ゆうり》、そっちじゃないでしょ。男子が女子にファスナー開いてるって、ふつう言っちゃう？　放っておいてくれた方が、よっぽどマシだったんですけど」

真菜美の鼻息が荒《あら》い。

「確かに。和尚も伝えるべきか、迷ったんだろうねえ」

「そんなの知らんよ。とにかく和尚、キモすぎ」

真菜美が口をゆがめた。

「あのさー。キモいじゃなくて、せめてイヤにしたら」

つい、たしなめてしまうと、真菜美はため息をついた。

「あーあ、侑里のそういうとこ、めんどくさいよね。そこが恋《こい》を遠ざけるんだわ」

痛いところをグッと突《つ》いてきた。

「真菜美だって彼氏いないじゃん」

わたしの返しに、真菜美《まなみ》は白目をむいて舌《した》を出すという、いつもの変顔をすると、

「うわっ、やっば。部活に遅《おく》れる」

急に回れ右をした。サッカー部はテニス部と違《ちが》って時間に厳《きび》しいのだ。駆《か》けていった真菜美は、教室の出口で急ブレーキをかけて、ぱっと振《ふ》り返った。

「侑里《ゆうり》ー。宿題に出た数学のワークブック、机《つくえ》の中にたぶん入ってるから、部活終わったら持ってきてー」

「今、持っていきなよ」

「いや、探《さが》してる時間ない。すまん」

真菜美は頭の上で手刀を切ると、大股《おおまた》で走り去った。

「まったく、も～。がさつ女め」

ぶつぶつ言いながら、窓際《まどぎわ》の真菜美の机のところに行った。机の中はすごいことになっていて、教科書やらプリントやらノートやらでぎゅうぎゅうだ。それらを力任せに引っこ抜《ぬ》いた。一冊《いっさつ》一冊分類しながら、同じ大きさのものを合わせて、片《かた》づけてあげる。

「あった」

やっと見つけた数学のワークブックは表紙が折れていた。それを手のひらで伸《の》ばし、自分のリュックに入れた。

わたしって決して全てが几帳面《きちょうめん》なわけではないのに、なんかこういうの、ダメなんだよねえ。こういうところが恋《こい》を遠ざけているのかな……まさかね。

ふと、熱視線《ねっしせん》を感じた。斜《なな》め後ろを目だけでそろりと偵察《ていさつ》すると、和尚《おしょう》がハッとしたように目をそらせた。

た、確かに……。和尚、感じよくないです。

わたしは急いで教室を出ると部室に走った。

テニス部の練習が終わり、部活仲間にバイバイすると、サッカー部の方へ向かった。まだみんな集まって、顧問《こもん》の先生の話を聞いている。

豪先輩《ごうせんぱい》の美しい後頭部は、ここからでもすぐに分かった。後ろ姿《すがた》を見つめながら、離《はな》れたところでしばらく待っていたが、なかなか終わりそうにない。

グラウンドの隅《すみ》に置かれた真菜美のサブバッグが目に入ったので、今日は塾《じゅく》だし、そこにワークブックを突《つ》っこんで、先に帰ることにした。

そのとき、真菜美《まなみ》がわたしに気付いて振《ふ》り返った。なんか目をひんむいて口をぱくぱくさせているけど、何のジェスチャーかさっぱり分からない。「ありがとう」って感じでもない。首をかしげると、誰《だれ》かに注意されたのか、真菜美はさっと向き直ってしまった。

校舎の時計に目を走らせる。もう出ないとマズい。あとでラインで聞くことにして、グラウンドをあとにした。

塾《じゅく》が終わったあと、自転車置き場でスマホを取りだした。メッセージが数件たまっている。タップすると、真菜美の他に25という謎《なぞ》のアイコンが出てきた。おそるおそる25に触《ふ》れると、

——はろ〜

とある。なんか、怪《あや》しい。ヤバい感じのやつかも、とブロックするすんでのところで、真菜美から新たにメッセージが届いた。先に真菜美のメッセージを開けて、

「えーーっ」

大声が出てしまった。ほかの塾生がちらちらと見てくる。口を手でふさいでからもう一度、メッセージを凝視《ぎょうし》した。

事後承諾《じごしょうだく》になって悪かったけど、豪先輩《ごうせんぱい》から頼《たの》まれたので、NOのはずないと思って、わたしのラインのIDを教えたとあった。部活が始まる前に、豪先輩と橘《たちばな》先輩（真菜美の推《お》し）から、今度四人でいっしょに遊ばないかって誘われたらしい。

マジ!?　これって、現実に起きてることっ？

スマホを胸《むね》にきゅっと押《お》し当て、その場でばたばた足踏《あしぶ》みした。

四人でダブルデート——。

絶対に実現しそうにない夢を語り合っては、いつも真菜美とふたりで盛《も》り上がっていた。

それが。まさか。こんなに急に。実現するとは。

危《あや》うくブロックしそうになった25。そうか、二宮豪《にのみやごう》だから、25なんだ。

自転車のスタンドをはずすと、両手を突っ張ってハンドルをゆっくり押した。

もしかして、パパとママみたくなったりして。

ん？　これって何型？　偶然《ぐうぜん》の出会いから紆余曲折《うよきょくせつ》を経たわけじゃないけど、やっぱ無理くり純愛《じゅんあい》王道型か？

夢想は止まらない。自転車に乗ることも忘《わす》れ、気付いたらずいぶん先まで押していた。

その週末、四人で電車で二十分くらいの、近場の遊園地に行くことになった。

なんだか照れくさくて、二人乗りのアトラクションに真菜美《まなみ》と座《すわ》ってしまったり、全然ダブルデートっぽくはなかったけど、夢のような時間は瞬《またた》くように過ぎた。

ハードなアトラクションのせいだけではなく、足もとは始終ふわふわとしていた。

ようやく少し緊張《きんちょう》がほぐれかけたころにはもう、終わりの時間がやってくる。

「そろそろ帰ろっか」

豪先輩《ごうせんぱい》が言った。日に焼けた爽《さわ》やかな笑顔が、差しこむ夕日に少しかしいだ。

「だな」

橘《たちばな》先輩《せんぱい》が返した。暮《く》れなずむ空を、わたしは泣きたいような気持ちで見上げた。胸《むね》がいっぱいで「またみんなで遊びたいです」のひとことが出ない。真菜美も同じなのだろう。

帰りの電車の中は混んでいたせいもあって、四人とも静かだった。

最寄りの駅の改札を出ると、橘先輩が、

「俺《おれ》、真菜美送ってくわ」

すごくナチュラルに真菜美の肩《かた》に手を置いた。真菜美の目がかっと見開かれた。先輩たちの間では、あらかじめそういう段取《だんど》りになっていたのか、豪先輩はさして驚《おどろ》きもせずに、

「じゃ、俺は関《せき》のこと、送ってく」

とさらりと返した。わたしも目を見開く。わたしと真菜美は互《たが》いにぎょろ目で、無言のエールをばちばちに送りあった。

橘先輩は真菜美を連れて、さっと歩き出した。豪先輩は、

「ちょっと、ぶらぶらしながら帰ろっか」

帰り道とは逆の出口の方に歩き出した。

腕時計《うでどけい》をちらりと見ると、時刻《じこく》は六時半すぎだ。今日は遊園地に行くって言ってあるし、少しくらい遅《おそ》くなってもだいじょうぶかな、と気持ちを落ち着かせる。

駅からの人の流れが落ち着いたころ、豪先輩が口を開いた。

「関のお父さんって、ガッツ湘北《しょうほく》の選手だったんだって？」

「は、はい！」

ガッツ湘北《しょうほく》というのは、パパの所属チームだ。

「すっげーな」

パパのことでこそばゆい気持ちになるのは、久しぶりだ。

「で、今は何やってんの？」

「そこのコーチやってますっ」

笑顔とともに、しゃきっと答えた。

「そっか、コーチね。やっぱ選手生命って短いもんな。コーチで残れただけマシか」

浮《う》いた気持ちは、はらはら散った。いくら豪先輩《ごうせんぱい》だからといって、そういう風に言われたくない。

「お父さんさ、ガッツのジュニアユースだった？　それとも高校は部活？」

わたしはこめかみに中指をついた。

「んー、よく分からないです」

「知らないんだー。実際にプロ選手になった人の話、聞いてみたいなあ。中学のときからプ口を意識してたのかな。どんな練習してたんだろう。ね、今度お父さんに会わせてよ」

豪先輩が横を向いた。

「……はあ」

わたしは困惑《こんわく》して、無理矢理口角を上げた。

しばらくすると、少し先にEマートが見えた。節電中みたいに照明は暗く、古ぼけた感がいっそう際だっている。

思ったより駅から離《はな》れていて、パパはかりんとまめのために、わざわざこんなに遠回りしてるのかと思うと、ちょびっと、じんとしてしまう。

「Eマート、まだあるんだ」

「頑張《がんば》っ」

てますよね、と言おうとしたところを、豪先輩の声にかぶせられた。

「Eマート、努力足りなくね？　こんな店で買う人いるのかな」

豪先輩の言葉に反対したくて、口を開きかけた。が、Eマートから中年の男性が出てくるのが見えて、口は半開きのまま固まった。

今、パパが店から出てきたらどうしよう。

家とは逆方向に、豪先輩《ごうせんぱい》と歩いているところを、パパに見られるのはマズい──。

というよりも、豪先輩曰《いわ》く努力の足りないショボい店から出てくるパパを、豪先輩に見られるのがイヤ、という方が勝っていた。

そう思ってしまうわたし、なんだかな……。

「そろそろ帰らないと」

わたしは腕時計《うでどけい》をかざした。豪先輩は少し驚《おどろ》いた表情を見せて、

「そっか。うん、帰ろう」

と、次の路地を右折した。一本横の道をまた駅方面に向かって歩き出した。こちらは人通りが少なく、街灯もまばらだ。

豪先輩の手とわたしの手がぶつかった。近づきすぎたかと、ちょっと離《はな》れる。と、またタンと手の甲《こう》同士がぶつかった。戸惑《とまど》って手を引っこめようとしたときだ。

豪先輩の手が、わたしの手をすっと摑《つか》んだ。一瞬《いっしゅん》、息が止まった。豪先輩の歩くスピードは段々《だんだん》早くなり、つないだ手が前後に伸《の》びる。

わたしは半分小走りになって、形のいい後頭部を見上げながら必死についていった。

鼓動《こどう》が激《はげ》しさを増していく。わたしの脈が、指先から伝わってしまわないか心配だ。

駅が近くなって周りが明るくなると、手は自然とほどかれた。

豪先輩の手はゴツいというより骨張《ほねば》っていて、少し汗ばんでいた。


家に着いてスマホをチェックすると、真菜美《まなみ》からのラインが、鬼《おに》のようにたくさん届《とど》いていた。画面に釘付《くぎづ》けになる。なんと、真菜美は橘 先輩《たちばなせんぱい》からコクられたらしい。

——侑里《ゆうり》はどうだった?

わたしは少し考えてから、

——特に何も
と、返信した。なぜか手をつないだことを話せなかった。

——真菜美、良かったね!

真菜美に先を越《こ》されたのに、意外に嫉妬心《しっとしん》がわかない。

ただ、大切な友だちを橘先輩に取られたような寂《さび》しさで、置き去り感がハンパなく、心がすうすうした。

一か月が経った。豪先輩《ごうせんぱい》からは気まぐれに、ラインが送られてきた。他愛のない内容ばかりだった。メッセージには「り」「すご」「だる」など、息を吹《ふ》いたら飛びそうな、短い文句が並《なら》んでいた。それを目にするたびに、心に小さなひっかき傷《きず》が増えた。

25から届《とど》いたときの喜びと、読んだあとの落胆《らくたん》。上がったり、下がったり、激《はげ》しいシーソーに乗せられているみたいだった。シーソーから降《お》りたら、きっとバランスを崩《くず》して倒《たお》れてしまうのだろう。

ある日の放課後、また真菜美《まなみ》の机《つくえ》の中を整理するはめになった。今度は明日の一時間目に必要な、地図帳が見当たらないとのこと。

真菜美の恋《こい》は順調で、部内恋愛だから内緒《ないしょ》にしているようだけど、部活のない日にはデートを重ねているらしい。わたしと遊ぶ頻度《ひんど》も、減ってしまった。

今日はテニス部は休みだし、窓際《まどぎわ》の真菜美の席からはグラウンドも見えるから、地図帳を探《さが》してあげることにした。誰《だれ》もいなくなった教室で、真菜美の席まで移動する。

机の中をのぞくと、パンパンでぐちゃぐちゃで、こないだのわたしの努力はむなしく、すっかり元通りになっていた。

腰《こし》を落ち着けてやろうと、真菜美の椅子《いす》に座った。早速窓《まど》の外をのぞくと、サッカー部員たちがスパイクに履《は》き替《か》えたりして、準備しているのが見えた。

豪先輩はすぐに分かった。今日は黄色いトレーニングシャツを着ていて、ひときわ目立っている。少し茶色い髪《かみ》の毛をかき上げた手に、目が吸《す》い寄せられた。

あの手とつないだんだ……。骨張《ほねば》っていて、少し汗《あせ》ばんでいた手。

胸《むね》が収縮《しゅうしゅく》して両手で押《お》さえつけた。

憧《あこが》れていたリアルな胸キュンは、切なくて痛《いた》かった。

ねえ、豪先輩。豪先輩はわたしと同じ気持ちになってるの？

他の部員がだべっている中で、豪先輩はひとりでリフティングを始めた。まわりの景色がぼやけて、豪先輩の姿《すがた》が浮《う》き上がった。豪先輩には、サッカーボールしか見えていない。

わたしとは違《ちが》う地平にいる感じがした。

すると橘《たちばな》先輩《せんぱい》がやって来て、真菜美《まなみ》といちゃいちゃ話し出した。

真菜美はこないだの週末のデートで、橘先輩とキスしてしまったらしい。一歩進むとその馴《な》れみたいなものが、態度に出てしまうのか、「内緒《ないしょ》」とか言いながら、あれではバレバレだ。

半分あきれながら、橘先輩の目尻の下がった横顔を眺《なが》めた。

そもそも、あの遊園地へのお出かけは、橘先輩が真菜美にアプローチするための作戦だったりして……。だとすると、わたしは単なる人数合わせ!?

じゃあ、なんで手をつながれたんだろう。

パパの優《やさ》しい顔が浮《う》かんだ。パパに男子の気持ちを聞いてみたい。

でも、豪先輩《ごうせんぱい》のことは話しにくい。ほかの話なら喜んで相談に乗ってくれるだろうけど、さすがに恋《こい》バナはハードルが高いな……。

やがてグラウンドでは、かけ声とともに準備体操《たいそう》が始まった。

思考を切るように、窓《まど》から顔を背《そむ》けた。

机《つくえ》の中のかたまりを取りだして、どさっと机の上に置いた。反動で教科書が何冊《なんさつ》か崩《くず》れ落ちた。拾い上げ、大きさ別に分類していく。

淡々《たんたん》と作業に没頭《ぼっとう》していると、斜《なな》め後ろから熱視線《ねっしせん》が突《つ》き刺《さ》さった。パッと振《ふ》り返った。

思わずスカートのチャックを押《お》さえる。

いつからそこにいたのだろう。

「和尚《おしょう》、どうしたの?」

思いのほか、つんけんした口調になった。和尚は切れ長の目をそっと伏《ふ》せた。

「……」

なぜか無性にイラついた。人さし指で机を小刻《こきざ》みに叩《たた》いていた。

「いい加減にしてくんない?」

和尚はくちびるを噛《か》んだ。

「用もないのにじっと見ないでよ。キモ、」

で止め、

「ちのいいことじゃないよ」

と、慎重《しんちょう》に言葉を継《つ》いだ。わたしは頭をぶるんと回転させて、もとの作業に戻《もど》った。

「関《せき》さん……これ」

和尚《おしょう》がかすれたような声を出した。眉間《みけん》にしわを寄せて嫌々《いやいや》振《ふ》り向くと、和尚は真っ白な封筒《ふうとう》を差し出した。見開かれたわたしの目は、瞬《まばた》きを忘《わす》れた。

「あとで、読んで……」

「……」

予想だにしない展開《てんかい》に、言葉が何も出てこない。

もしかして、ラブレター？　初めてだった。

和尚は封筒を押《お》しつけると、背筋《せすじ》をぱきんと張って教室を出て行った。

わたしは、あらためて教室に誰《だれ》もいないことを確かめた。指で封筒を開けようとしたけど、ぴったりとのり付けされている。ビリビリに破くのがもったいなくて、自分の机《つくえ》のところにハサミを取りにいった。

もう一度真菜美《まなみ》の席に座《すわ》りなおして、慎重《しんちょう》に封を切った。

罫線《けいせん》もない白い便せんに、万年筆のブルーインクが映《は》えていた。美しい端正《たんせい》な文字が綴《つづ》られ、文章なのに絵画を見ているようだった。

関侑里様《せきゆうり》
突然《とつぜん》の手紙、驚《おどろ》かしてごめんなさい。
言葉に対する君の真摯《しんし》な姿勢《しせい》、君の優《やさ》しさ――。
君のことが頭からはなれません。
僕《ぼく》は君とおつきあいしたい、そう思ってしまいました。
君のことをもっと知りたいのです。

藤枝尚和《ふじえだまさかず》

読み終わっても、便せんに目を落とし続けた。パイプオルガンの響《ひび》きみたいに、体の内側で残響《ざんきょう》がわんわんしている。

やがて、窓《まど》から入ってくる涼《すず》やかな風が、前髪《まえがみ》をたなびかせた。

わたしは便せんをそっと封筒にしまった。

和尚《おしょう》に手紙をもらってから、半月が過ぎた。

手紙は何度か読み返した。「言葉に対する君の真摯《しんし》な姿勢《しせい》」ってなんだろう。人を傷《きず》つける言葉には気を付けているけど、決して言葉遣《づか》いがよいとは言えない。

いずれにしても、何かしらの返事をしなくては、と思うのに何も行動が取れなかった。

豪先輩《ごうせんぱい》の真逆をいくような和尚から告白されたことは、正直言って嬉《うれ》しいというより、戸惑《まど》いの方が大きい。

ましてや、つきあってみたいとは、思えなかった。たとえば、和尚と手をつないで歩くなんて想像できない。

なのに、すぐに断りたくないという身勝手な自分がいた。

真菜美《まなみ》には、とうてい相談できそうにもない。

ある日、部活から帰ってベッドの上で大の字になっていると、ラインの着信音が響《ひび》いた。

スマホに飛びつくと、25のアイコンが躍動《やくどう》して見えた。

五日ぶりの豪先輩からのメッセージは、単語ではなく珍《めずら》しく文章だった。

――サッカーのこと、いろいろ聞きたいんだけど、お父さんにいつ会えそう?

ぱたんとスマホを裏《うら》に返した。

「ママ、ちょっとコンビニ行ってくる」

台所に向かって声をかけ、家を飛び出した。たそがれ時のせいなのか、膜《まく》を張ってくる涙《なみだ》のせいなのか、景色のピントがぼやけた。ただあてもなく歩き回った。

たまたま遭遇《そうぐう》した、ひと気のない小さな公園に入った瞬間《しゅんかん》、心臓《しんぞう》がことりと音を立てた。

ベンチに絶壁《ぜっぺき》の坊主頭《ぼうずあたま》が、だらりと座《すわ》っているではないか。

背中《せなか》から定規を抜《ぬ》き取ったような、らしからぬ姿勢だが、間違《まちが》いない。

踵《きびす》を返そうとしたとき、公園の照明がバチッと音をならして点灯した。和尚が顔を上げる。

舞台上《ぶたいじょう》のふたりに、青白いスポットライトが当てられたみたいだった。

和尚が息を飲んだ。わたしが動けずにいると、やがて和尚は意を決したように腰《こし》を上げた。

少し離《はな》れたところまで来て立ち止まると、背筋《せすじ》をしゅんと伸《の》ばした。

わたしはつばを飲みこんだ。

「「ごめんなさい」」

ふたりの言葉が重なった。

「えっ、どうして和尚《おしょう》が、あやまるの？」

わたしは目を泳がせた。

「いや……。あんな、不躾《ぶしつけ》な、視線《しせん》、送ってしまって」

和尚は頭に手を当て、ぽつ、ぽつ、と言葉を落とした。

「ブシツケ？」

「あ、失礼とか、そういう意味」

「ああ、いや、」

わたしは小さく首を振《ふ》った。

「関《せき》さんがあやまったのは、つまり、断りの……」

「返事もせずに悪かったなって……。あの、やっぱり、いきなりつきあうとか、そういうのって、ちょっと……。和尚とあんまり、接点もなかったわけだし」

しどろもどろになった。和尚はゆっくり視線をはずし、そっとななめ上の空を見上げた。

「うん、そうだよね。……うん」

和尚の視線の先には、一番星が静かに輝《かがや》いていた。

「返事を聞かせてくれて、ありがとう」

「……」

切れ長の目は哀《かな》しさよりも、むしろ清々《すがすが》しく澄《す》んでいた。

なんだか、今、すごく綺麗《きれい》なものを見ている気がする。

不覚にも、くうっとお腹《なか》が鳴ってしまったのは、そのときだった。

ハッとしてわたしはお腹を押《お》さえた。スルーしてくれればよいものを、それができないのが和尚だ。

「あ、お腹空いてます？　よかったら、これ。美味《おい》しいので」

和尚はポケットに手をつっこむと、小袋《こぶくろ》のお菓子《かし》をひとつ取りだした。

胸《むね》がぽんと跳《は》ねた。

かりんとまめ！

「これっ、わたしも好き！」

興奮《こうふん》して早口になった。和尚の頬《ほお》にすっと赤みが差した。

「関《せき》さんも？　まだ、たくさんあります。よかったらどうぞ」
和尚《おしょう》はリュックから、かりんとまめをわしづかみにした。

家に戻《もど》ってからしばらくすると、パパが帰ってきた。
「侑里《ゆうり》～。今日はかりんとまめ、一袋《ひとふくろ》だけ残ってたよ」
残り全部を買い占《し》めた人を、わたしは知っている。
きっと顔も知らないファンのために、一袋だけ残したんだね。
誰《だれ》にも気づかれないのに、静かにゴミを拾っていた姿《すがた》が思い出された。
和尚のこと、もっと知りたい……かも。
豪先輩《ごうせんぱい》の後頭部が、少し遠のいた……。
これはまさかの、告白先行型？　いやいや、もうそんなの、どうでもいい。
っていうか、断っちゃったじゃん。
わたしは、かりんとまめを口に放りこんだ。
ほろ苦い甘《あま》さが口に広がった。

ミルクレープと
ひみつの恋

高杉六花

RIKKA TAKASUGI

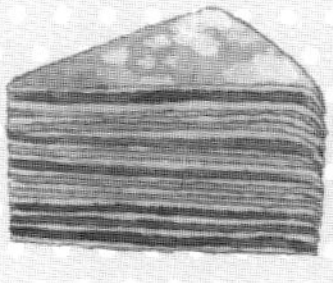

「ただいま〜！」

学校から帰ってきたわたしは、カバンを置いて手を洗《あら》い、キッチンに飛び込《こ》んだ。

今日のおやつは、とっておきのケーキ！

お母さんにおねだりしてやっと買ってきてもらった、ミルクレープだ。

切り分けられたミルクレープを冷蔵庫《れいぞうこ》から取り出して、テーブルの上に置く。

ひんやりと冷えた薄《うす》いクレープ生地と真っ白な生クリームが、何層《なんそう》にも重なって一体になっている。繊細《せんさい》な模様のように細かい断面がきれい。

「どうやって作ってるんだろう」

なんて、感動のあまり口走っちゃったけど、手間がかかって難《むずか》しいんだろうなと思うくらいで、正直そこに興味はない。

美しくて、繊細で、完璧《かんぺき》で、芸術品のようなミルクレープの存在《そんざい》自体が好きなんだ。

だって、わたしの恋《こい》のようだから。

中学校に入学して5か月。

秋の訪《おとず》れとともに、わたし、桜井《さくらい》メイは生まれて初めて恋をした。

この恋心は、仲のいい友だちにも打ち明けていない。

誰《だれ》にも秘密《ひみつ》のまま、わたしは毎日、この想いを重ねている。

まるでミルクレープのように。

わたしの心の中にはクレープ生地がある。薄くてやわらかくて、すぐにやぶれて壊《こわ》れてしまいそうな生地に、生クリームのように甘《あま》い「好き」を塗《ぬ》る。この気持ちがうっかりはみ出て誰かに知られてしまわないように、上からクレープ生地を乗せて隠《かく》すんだ。毎日少しずつ重なったわたしの想いは、いまや大きなミルクレープのようになってるの。

——なんて。

うっとりとミルクレープを眺《なが》めながら、恋する乙女《おとめ》のポエムを頭に浮《う》かべる。

これが最近のマイブーム。今日のポエムもなかなかいいぞ。

そのときだった。突然《とつぜん》、目の前のミルクレープに、グサッとフォークが突《つ》き刺《さ》さった。

「あっ！」

驚《おどろ》いて顔をあげると、にやりと笑う、にくたらしい顔。

「なにじーっと眺《なが》めてんだよ。食わないなら俺《おれ》にちょうだい」

「ちょ、ちょっと！」

「いただきー！」

あっという間に、わたしのミルクレープを三分の一もさらっていったのは、となりに住んでいる幼《おさな》なじみの吉村嵐《よしむらあらし》！

「嵐のバカ！　いま食べようと思ってたのに」

「あ、そうなの？　わりーわりー」

「ていうか、勝手に家の中に入ってこないでよ。もう中学生なんだし」

「外でメーの母ちゃんに会って、ケーキがあるから食べていけって言われたんだよ」

「あっそ。ていうか、ヤギの鳴き声みたいに呼《よ》ばないで。メーじゃなくてメイ！」

「へいへい」

サイアクだ。わたしのミルクレープが壊れちゃった……。

大切に重ねてきた恋心《こいごころ》が、一瞬《いっしゅん》でえぐられてしまったみたいで胸《むね》が痛《いた》い。

嵐の食べかけを食べる気にもなれなくて、ズイッとお皿を突《つ》き出した。

「えっ。メイの分も食っていいの？」

「……いいよ」

「よっしゃ！　いただき！」

はぁ……。目を輝《かがや》かせて三口で完食した嵐にうんざりする。

わたしの好きな人は、こんなガサツで無神経なんかじゃない。

ミルクレープのように美しくて、品があって、繊細《せんさい》で、完璧《かんぺき》で、芸術品のような人。

彼の好きなスイーツもミルクレープだということは調査済《ず》みだ。というか、わたしのミルクレープ好きはそれを知ってはじまったんだけど。

学年中の憧《あこが》れで、優《やさ》しくて爽《さわ》やかで成績優秀《ゆうしゅう》でスポーツもできて、王子様みたいな完璧《かんぺき》イケメン、五十嵐悠真《いがらしゆうま》くん。

そんな五十嵐くんと、最近いつも目が合う。

もしかして、わたしのことが好きだったりする⁉　って妄想《もうそう》がどんどん広がって、気になって気になってしかたがなくなった。

だって、いつもいつも目が合うんだよ。いつもいつもわたしを見てる。

……ということは、わたしも五十嵐《いがらし》くんを見てるということで。

そのたびに、彼のいいところをたくさん知ってしまって、気がついたら好きになってた。

『五十嵐メイ』って悪くないな……なんて、彼の苗字《みょうじ》と自分の名前を合わせて、ひゃーってなっちゃうわたしの恋愛偏差値《れんあいへんさち》は、小学生並《な》みだって自覚してるけど。

いつかクラスメイトの関係性を飛び越《こ》えて、五十嵐くんの特別な人になりたい。

つまり、好きになってもらいたくて、両想いになりたくて、「メイちゃん」とか「メイ」とか呼《よ》んでもらいたくて、ほかの女子には見せない笑顔を独り占《じ》めしたい。

そして、ほほ笑み合いながら、ミルクレープを一緒《いっしょ》に食べるんだ。

給食のカレーがうまかっただの、さっき見た雲がうんこの形をしてただの、最低最悪でどうでもいい嵐《あらし》の話をスルーして、わたしは五十嵐くんに想いをはせた。

だけど、五十嵐くんが見つめていたのは、わたしじゃなかったんだ……。

それを知ったのは、翌日《よくじつ》の学校帰りだった。
公園沿《ぞ》いの並木道《なみきみち》をひとりで歩いていたわたしの足が、ピタッと止まった。
ついでに心臓《しんぞう》も止まりそうになった。
だって、公園に五十嵐くんがいたから。
水色に澄《す》んだ空の下でひとりたたずむ五十嵐くんは、こっちを見ていた。
バッチリ目が合って、どくんと心臓が跳《は》ねる。
キョロキョロと周りを見回したけど、わたししかいない。
勘違《かんちが》いでも妄想《もうそう》でもない。確実にわたしを見ている。
どうしてここにいるの？　家は反対方向だよね？
視線《しせん》をそらせないでいると、ほほ笑みを浮《う》かべた五十嵐くんが近づいてきた。
「桜井《さくらい》さんの家、こっちなんだね」
「あ、うん。この道をずーっとまっすぐ行った先」

五十嵐《いがらし》くんに、「おはよう」以外で初めて声をかけてもらえた……！

うれしくて、信じられなくて、ほおがじわじわと熱くなる。

もしかしてわたしを待っていた、とか……？

期待と緊張《きんちょう》で鼓動《こどう》が速くなっていく。

五十嵐くんは、何かを考えるように少しだけ視線《しせん》をさまよわせた。

それから、意を決したように、まっすぐわたしを見た。

「桜井《さくらい》さんって、となりのクラスの吉村嵐《よしむらあらし》と付き合ってるの？」

「えっ」

この質問って、わたしに付き合っている人がいるかどうかの確認《かくにん》だよね？

「ちがうよ。嵐はただの幼《おさな》なじみ」

「そっか。よかった」

よかった……？　今、よかったって言ったよね？

やっぱり、よく目が合うのは偶然《ぐうぜん》なんかじゃなくて、五十嵐くんはわたしのことが好き、なの？　これって告白される流れ？　ど、どうしよう。心の準備ができてないよ！

最高潮《さいこうちょう》にドキドキしてる心臓《しんぞう》を落ち着かそうと、小さく深呼吸《しんこきゅう》をした。

「よ、よかったって？」

「ええっと。桜井さんは気づいてるかもしれないけど、俺《おれ》、その……吉村が好きなんだ」

「……ほえっ⁉」

用意していた「わたしも五十嵐くんが好き」って言葉がこっぱみじんにはじけ飛んで、かわりにすっとんきょうな声が出た。

一ミリも予想していなかった展開《てんかい》に頭の中が真っ白になる。告白は告白だけど、思ってたのと違《ちが》った。確かに五十嵐くんは「好き」って言った。でも、わたしじゃなくて嵐のことが好きって……。いや、ちょっと待って。嵐⁉　嵐が好きってどういうこと⁉

「吉村って、となりのクラスの吉村嵐だよね？　元気だけが取り柄《え》〜みたいな人」

「うん。元気で明るくておもしろくて、太陽みたいな人」

……そうか。ようやく気づいた。

五十嵐くんが見つめていたのは、わたしといつも一緒《いっしょ》にいる（というか、なぜかいつもくっついてくる）、幼なじみの嵐だということに。

なんてことだ。ショックすぎて言葉が出ない。

告白する前に失恋《しつれん》してしまうなんて。それも、よりによって嵐《あらし》のせいで！

嵐にえぐられた昨日のミルクレープと一緒《いっしょ》だ。

大切に大切に想いを重ねてきたわたしの恋も、壊《こわ》れてしまった。

胸《むね》が痛《いた》いし泣きそうだよ。これが切ないってやつなのかな。一生知りたくなかった。

「驚《おどろ》くよね。ごめん。男子が男子を好きになるって、おかしいって思った？」

教室では聞いたことがないような、元気のない声。我《われ》に返ると、目の前の五十嵐《いがらし》くんが戸惑いを浮かべた顔でわたしを見ていた。うん？　男子が男子を好きになる？　あ！

五十嵐くんと嵐が男子同士だってことに、ここにきてやっと気がついた。

それよりも、切なさと「嵐コノヤロー」の気持ちで頭の中がいっぱいだった。

自分に聞いてみる。男子が男子を好きになるっておかしいこと？

わたしの答えはすぐに出た。

「そうは思わないよ。驚いたけど」

「そっか」

「うん。五十嵐くんと嵐が結婚《けっこん》したら、五十嵐嵐になっちゃうな〜とは思ったけど」

少しでも元気を出してほしくて口走った言葉に、五十嵐くんが、ふはっと吹《ふ》き出した。

こんな顔、きっと誰《だれ》も見たことない。くしゃくしゃなのにかっこよすぎて泣けてくる。

うれしさと切なさがごちゃまぜになって、胸がじりじりするよ。

ごめん、五十嵐くん。男子が男子を好きになることを、おかしいとは思わない。

けど、すごく切ないんだ。わたしの初恋は叶《かな》わないってことだから。

五十嵐くんじゃなかったら、男子が好きでも嵐が好きでも、まったくかまわないのに。

そんなこと、口に出せるわけがない。

「嵐のどこがいいの？」

「うーん。吉村《よしむら》って、男子も女子も分け隔《へだ》てなく接してて、すごくフラットだなって思って。

友達になりたい、もっと知りたいって気持ちがいつの間にか『好き』になってたんだ」

がんばっておどけて聞くと、五十嵐くんは柔《やわ》らかい笑顔で答えた。

それは、まぎれもなく恋する人の顔だった。

いつの間にか好きになってたなんて、五十嵐くんに恋したわたしと一緒《いっしょ》だ。

「そっか……」

五十嵐《いがらし》くんは、男子しか好きにならないのかな。それとも、女子も恋愛《れんあい》対象？

それなら、将来的《しょうらいてき》には、わたしにだってチャンスはあるんじゃない？

「五十嵐くんは、女の子は好きにならないの？」

「それが、よくわからないんだよね。俺《おれ》、性自認《せいじにん》は男性。でも自分がゲイなのかはよくわからない。わかるのは、吉村《よしむら》への気持ちは『憧《あこが》れ』とは違《ちが》って『恋』だということだけ。自分がわからなくて今も悩《なや》み中なんだ」

「そうなんだ」

五十嵐くんもわからないということは、将来女子を好きになる可能性は0じゃない。ということは、わたしの恋は絶望的状況《じょうきょう》ではないってことかも。

なんて、往生際が悪い自分に呆《あき》れちゃう。悪あがきが過ぎるでしょ。

いい加減、認《みと》めなくては。五十嵐くんは、嵐《あらし》が好きなんだってこと。

「そっか。変なこと聞いてごめん。いや、変なことじゃないよね。恋は落ちるものだし。女子が男子に恋をするのと変わらないと思う。好きになった相手が同じ性別ってだけで」

「桜井《さくらい》さんって優《やさ》しいね。思い切って打ち明けてよかったよ。ありがとう」

そんなふうにキラキラな笑顔で感謝しないで。ごちゃまぜの感情が、喉《のど》の奥《おく》に詰《つ》まって苦しくなるから。

「どうしてわたしに打ち明けたの？」

「ええっと。桜井さんと嵐って、いつも一緒《いっしょ》だから、その……付き合ってるのかなって」

「もしかして、わたしと付き合ってたらどうしようって思った？」

「……ちょっとだけ」

困《こま》った顔で少し照れる五十嵐くんは、教室で見る王子のような彼とは別人だ。

いつもは完璧《かんぺき》王子なのに、恋してうじうじしてるヘタレな五十嵐くん。かっこわるくて最高にかわいい。こんな姿《すがた》、誰《だれ》も知らないだろうな。わたしにだけ見せるヘタレモードだ。

それがたまらなくうれしくて、ギャップ萌《も》えで、たまらなく切ない。

ちがうんだよ。わたしが欲《ほ》しいのは、こういう特別じゃない。

秘密《ひみつ》の恋バナ仲間のポジションじゃなくて、五十嵐くんに想われたいの。わたしのために笑ったり、ため息をついたり、空を見上げたりしてほしい。恋のポエムを思い浮《う》かべて、心の中にわたしへの想いを重ねたミルクレープを作ってほしいんだよ。

でも、くやしいけど、わたしじゃ五十嵐《いがらし》くんをこんな笑顔にできない。

五十嵐くんが想いを寄せるのも、幸せな笑顔になるのも、嵐《あらし》だけなんだろうな……。

ふーっと息を吐《は》いて、わたしは笑顔を作った。

「五十嵐くんの恋《こい》、協力するよ。3人で遊びに行こう。わたし、途中《とちゅう》でなんか理由をつけて帰るから、あとはふたりで楽しんで」

「えっ。本当⁉　どうしてそこまでしてくれるの？」

「うーん。……大切な人には幸せになってほしいからかな」

あけっぴろげに言いすぎちゃってヒヤッとしたけど、五十嵐くんは、大切な人＝嵐だと勘《かん》違《ちが》いしたみたい。

「吉村《よしむら》のこと、好きになってごめん。桜井《さくらい》さんの大切な幼《おさな》なじみなのに」

「……」

違《ちが》うよ、そうじゃない。大切な人は五十嵐くんなんだよ。

飲み込《こ》んだ言葉が、心をひりひりさせた。

「俺《おれ》と、メーと、メーのクラスの五十嵐悠真《ゆうま》？　なにその謎《なぞ》メンバー」

「次の日曜日、３人で遊ぼうよ」って誘《さそ》ったら、嵐はポカンとした顔で首をかしげた。

でもすぐに、にやりといじわるな笑みを広げる。

「まさか、五十嵐のことが好きなのか？」

「はっ⁉」

「メ～メ～泣いてたメーも、恋するようになったか～。いいよ、メーの初恋に協力してやる。メーとは赤ん坊《ぼう》のときからの仲だからな！」

「ち、違うから！　そんなんじゃないって！」

最悪だ。嵐が五十嵐くんに「メーがお前のこと好きなんだって」って言っちゃったらどうしよう！　嵐のことだから、うっかり口をすべらせてしまいそうだ。

そうじゃなくて、五十嵐くんが嵐のことを好きなんだよって、言ってしまえたらわたしは助かる。でもそれはできない。いや、絶対にしちゃいけないことだ。

公園で会ったあの日から、五十嵐《いがらし》くんのことを少しでも理解したくて、本やインターネットでわたしなりに調べてみた。

わかったのは、五十嵐くんから聞いたことを、本人の許可なく嵐や他の人に話してはいけないってこと。いつ、誰《だれ》に、どんなふうに伝えるか、伝えないかは、五十嵐くんのみが決定できる。なにひとつ、わたしが勝手に決めていいことも、話していいこともない。

だから決心した。彼が話してくれたことを、わたしは絶対に誰にも言わないって。

これは、わたしと五十嵐くんふたりだけの秘密《ひみつ》。その特別感すら、今は切ないんだけど。

日曜日、わたしたちは本当に3人で遊ぶことになった。

「おはよう、五十嵐くん」

「おっす、五十嵐」

「桜井《さくらい》さん、吉村《よしむら》、おはよう」

やってきたのは遊園地。入場ゲート前に集合したわたしたちは、ちょっとぎこちない。

確かに謎《なぞ》メンバーだ。嵐《あらし》のことが好きな五十嵐くん。五十嵐くんのことが密《ひそ》かに好きなわたし。嵐は、わたしが五十嵐くんのことを好きだと思ってる。うーん。なんだか複雑になってきたぞ。

五十嵐くんの恋《こい》に協力するなんて、余計なお世話だったかな。後先考えずに、思い立ったらすぐ行動しちゃうのはわたしの悪い癖《くせ》だ。

このまま会話もなく気まずかったらどうしようって思ったけど、杞憂《きゆう》だった。遊園地のゲートをくぐったとたん、嵐の目がキラキラ輝《かがや》き、テンションが急上昇《きゅうじょうしょう》した。

「よし、遊び倒《たお》すぞ〜！　てか、五十嵐はジェットコースターとか絶叫系《ぜっきょうけい》に乗れる人？」

「うん。問題ないよ。速いのも高いのも回転するのもわりと好き」

「おっし！　じゃあ、ガンガン乗ろうぜ！　まずはこれだ！」

「いいね。さっそく行こうか」

嵐と五十嵐くんは、顔を寄せて１枚《まい》の園内地図を見てる。さっきまで緊張気味《きんちょうぎみ》だった五十嵐くんも、今は満面の笑み。すごく楽しそうだ。よかったけど、ちょっと妬《や》いちゃう。

「桜井さんも行こうよ」

「えっ。わたしは……」

「メーは絶叫系《ぜっきょうけい》が苦手だもんな。ジュースでも飲んで待ってろよ」

「でも……。俺《おれ》たちだけ楽しむわけにはいかないよ」

やっぱり優《やさ》しいな、五十嵐《いがらし》くんは。うれしいけど、今はその優しさが胸《むね》をえぐる。

「絶叫してるの見てるだけで楽しいから、大丈夫《だいじょうぶ》。ふたりで行っておいでよ」

「そう……？」

「メー、あとでおこちゃまでも乗れるやつ、付き合ってやるからな」

「おこさまあつかいしないでよ！　付き合ってくれなくて結構です〜！」

ガハハと笑いながら、嵐《あらし》は五十嵐くんを連れてジェットコースターに乗りこんだ。

あーよかった。どうなることかと思ったけど、なんとかなりそう。

それどころか、嵐なんて全力ではしゃいでる。

嵐め、「メーの初恋《はつこい》に協力してやる」って言葉、完全に忘《わす》れてるな。五十嵐くんの前でおこさまあつかいするなんて許さん！　……まぁ、それでいいんだけど。

つくづく思うけど、嵐は子どもっぽくて単純《たんじゅん》だ。だけど、そんなところも五十嵐くんは好きなんだろうなぁ……。

「悠真《ゆうま》、次はあれ乗ろうぜ！　びびんなよ！」

「嵐こそ！」

いつの間にか、ふたりは名前で呼《よ》び合うほど仲良くなっていた。うらやましすぎる。

絶叫マシーンでわーわー言ってるふたりを、ベンチに座《すわ》ってぼんやりと見つめた。

ふたりとも楽しそうだな。五十嵐くん、最高に幸せそうだな。あんな顔、見たことない。

あーもう、つくづく切ない。なにやってるんだろう、わたし。

3人で遊びに行こうって誘《さそ》ったのは、五十嵐くんの恋に協力するため。正真正銘《しょうしんしょうめい》、それは本心だ。だけど、ほんのちょっとだけ下心があった。五十嵐くんの笑顔が見たくて、かっこいいに決まってる私服《しふく》も見たくて、一緒《いっしょ》に遊びたくて、少しでも仲良くなりたかった。

サイテーで身勝手で見苦しいよね。まだ失恋を認《みと》められなくて、あがいてるなんて。こんなわたし、誰《だれ》も好きになってくれるわけがない。自分のことが心底イヤになるよ。

この数日、『五十嵐くんが嵐のこと好きなわけがない』と『やっぱり嵐が好きなんだ』という二つの気持ちの間を、振《ふ》り子のように行ったり来たりしていた。でも、今日で確信してしまった。わたしは五十嵐くんのことが好きで、ずっと見てたからこそわかる。あれは、完全に恋《こい》してる人の顔だ……。嵐《あらし》のこと、本当に好きなんだな。

胸《むね》がひりひり痛《いた》むから、ふたりから視線《しせん》を外して、往来を眺《なが》めた。

性別も、年齢《ねんれい》も、見た目も違《ちが》う、いろんな人がいる。

どうして今まで目に映《うつ》らなかったんだろう。知ろうとしなかったからかな。

遊園地を楽しんでいる人たちをそれとなく見てみる。

あ、あの男性ふたり、もしかしてゲイかな。あの腕《うで》を組んでる女性ふたりはレズビアン？

あっちの異性《いせい》同士で手を繋《つな》いでいるふたりは、実はバイセクシュアルかもしれない。いや、普通《ふつう》のカップルかも。

ん？　普通のカップルってなんだろう？　普通って……？

正体不明の違和感がふくらんできて、なんだかもやもやする。

わたし、五十嵐《いがらし》くんを少しでも理解したいと思ったんだ。だからいろいろ調べたけど、浅い知識を得たわたしは今、無意識のうちに、目に映《うつ》る人たちを「ＬＧＢＴＱ＋」に分類しようとしていた。

これって、なにかが違う気がする。うまく言えなくてもどかしい。

もし、『好きな人の好きなスイーツを眺めながら恋する乙女《おとめ》のポエムを頭の中に浮《う》かべてニヤニヤしてるおめでたいわたし』のことを理解したい！　なんて人がいたとしたら……。

そもそも「理解したい」だなんて、ちょっと上から目線に感じちゃうかも。ほっといてくれ〜って思うし、本当に理解できるの〜？　ってなる。でも、わたしのことを知りたいって思ってくれたり、知ろうとしてくれるのはすごくうれしい。

「おーい。メ〜、待たせたな〜！」

遠くから聞こえた、がさつでデリカシーのない大声に、はじかれるように振《ふ》り向いた。

ジェットコースターから降《お》りた五十嵐くんと嵐が、こっちに向かって歩いてくる。

さっきよりうんと距離《きょり》が縮《ちぢ》まっていた。心も、身体も。

ふたりの笑顔を見ていたら、ふと、公園での会話を思い出した。

『五十嵐くんは、女の子は好きにならないの？』

『……わからないんだよね。俺《おれ》、性自認《せいじにん》は男性。でも自分がゲイなのかはよくわからない。わかるのは、嵐への気持ちは「憧《あこが》れ」とは違って「恋」だということだけ。自分がわからなくて今も悩《なや》み中なんだ』

五十嵐《いがらし》くんは「自分」がわからなくて、悩《なや》んでる。このままこの道を進んでいいのか、来た道を戻《もど》ったほうがいいのか、立ち止まるのか。そんなふうに日々悩みながら、それでも嵐《あらし》が好きって気持ちを大切にしてる。

そんな五十嵐くんのこと、「ＬＧＢＴＱ＋の人」とか、「男子が好きだからゲイなんだね」って、当事者じゃない他人が名前を付けて分類するのは、ちょっとイヤだな。

うーん……。そうだなぁ。

「今は嵐のことが好きな五十嵐くん」がしっくりくるかも！

だって、明日の五十嵐くんは今日と違《ちが》うかもしれない。いつかわたしのことを好きになるかもしれない。そうなったら「バイセクシュアルな五十嵐くん」じゃなくて、「嵐のことが好きだったこともあるけど、今はわたしのことが好きな五十嵐くん」になるわけで。

「それでいいじゃん！」

……って、諦《あきら》めが悪いよ。

いっそのこと、ダメ元でこの気持ちをぶつけてしまいたいとすら思う。当たって砕《くだ》けるに決まってるけど、大切に想いを積み重ねたミルクレープを差し出すことができたら、それだけでいい思い出にできそうだから。たとえ、受け取ってもらえなかったとしても。

でもね、そんなことできるわけない。

好きな人には笑っていてほしいし、わたしじゃ五十嵐くんをあんな笑顔にできないから。

わたしの恋心《こいごころ》が消えてなくなるのを待つよ。

この先、五十嵐くんは傷《きず》つくことがあるのかな。そんなのイヤだな。

だけどこれだけは覚えておいてほしい。わたしは味方だってこと。あなたの幸せを願ってるってこと。

どうかこの先、五十嵐くんが傷つかない世の中になりますように。

そう願いながら、次の乗り物へと駆《か》けていく、楽しそうなふたりの姿《すがた》を目に焼き付けた。

「さて。そろそろおじゃま虫は帰ろうか」

小さなつぶやきを残して、わたしはそっと遊園地を抜《ぬ》け出した。

翌日《よくじつ》の学校帰り。家の近くの公園に、またしても五十嵐《いがらし》くんがいた。

「メーちゃん、昨日はありがとう。おかげで最高に楽しかったよ」

「……どういたしまして。よかったね」

ああ……。わたしだけに向けられた笑顔がまぶしい。ていうか、メーちゃんて。ちょっとおしいけど、まぁいいや。むしろ、名前呼びがうれしすぎてにやけそう。

だけど、すぐに五十嵐くんの笑顔に切なさが交じった。

「今のままの楽しい関係を壊《こわ》したくないから、告白はしない。友だちでいいって思った」

「……」

なにも言えなかった。五十嵐くんの言葉が痛《いた》いくらいわかるから。わたしもそうだから。

五十嵐くんはきっと、誰《だれ》にも言えない胸《むね》の内を伝えてくれたんだと思う。

うれしくなっちゃう自分が情けなくて、それを振《ふ》り払《はら》うように口を開いた。

「本当にそう思ってる?」

「うーん」

考え込《こ》む五十嵐くんを見ていたら、またしてもお節介《せっかい》がしたくなる。

「当たって砕《くだ》けてみたら？」

「えぇ〜。砕けるの前提？」

「もし砕けたら、欠片《かけら》を拾ってあげる」

「あはは」

大口を開けて笑う王子の貴重《きちょう》なお姿《すがた》を、心の宝箱《たからばこ》にそっと大切にしまう。

でも……と、五十嵐くんが口ごもった。笑顔は曇《くも》り、深い戸惑《とまど》いに変わっていた。

「それって、俺《おれ》の自己満足《じこまんぞく》じゃないかな？　嵐《あらし》はきっと女子が好きだ。俺の気持ちは迷惑《めいわく》だと思う。それがわかってるのに嵐に気持ちを伝えるなんてしちゃいけないと思うんだ」

くよくよしてる五十嵐くんも、くやしいけど好きだ。だから——。

わたしは意を決して、短く深呼吸《しんこきゅう》した。

「じゃあ、わたしが砕けるわ」

「え？」

思いがけず出番がきたみたい。わたしは心の中からミルクレープを取り出した。

「わたし、五十嵐《いがらし》くんのことが好きだった」

「えっ」

「好きだから、お節介《せっかい》してるの。五十嵐くんの恋《こい》、諦《あきら》めてほしくないから」

「え……。俺《おれ》!? 嵐《あらし》じゃなくて?」

突然《とつぜん》、想いをぶつけられた五十嵐くんは、やっぱり驚《おどろ》いた顔をしてる。

緊張《きんちょう》と怖《こわ》さで、わたしの手と足は小刻《こきざ》みに震《ふる》えていた。

「うん。嵐じゃなくて。わたし、五十嵐くんが好き」

な~んてねってごまかして、この場から逃げ去ってしまいたい。

そんな衝動《しょうどう》も、涙《なみだ》も、必死にこらえて押《お》し込《こ》めて、精一杯《せいいっぱい》の笑顔を向けた。

「覚えておいて。五十嵐くんのことが好きな人がいるってこと。応援《おうえん》してる人がいるってこと。五十嵐くんのいいところをたくさん知ってる人がいるってこと。友だちになれて最高に幸せだってこと。でも、この恋は実らないって知ってるってこと。それでも、五十嵐くんが笑ってくれれば、悔《くや》しいけれど、最高にハッピーだってこと!」

ひと息で告げて、ふーっと息をつく。自己満足《じこまんぞく》な告白だったけど、すっきりした。

これでやっと吹《ふ》っ切ることができる。次の恋に進める。

ひりひりと清々《すがすが》しさと、ごちゃまぜの感情が押《お》し寄せてきた。

でも、後悔《こうかい》はしてない。

「自己満足な気持ちをぶつけられてどうだった？」

「びっくりした」

「迷惑《めいわく》だった？」

「いや、迷惑じゃない」

まだポカンとしてる王子らしからぬ五十嵐くんに、わたしはニッと笑った。

「そういうことだよ」

特大のエールを送って、わたしは歩き出した。

さようなら、五十嵐くん。さようなら、五十嵐くんへの想いを重ねたミルクレープ。

わたしは振《ふ》り向かなかったし、五十嵐くんも呼《よ》びとめなかった。

ぐんぐん歩くわたしの心と足取りは、うんと軽かった。

「昨日は悪かった！」

家に着くとすぐに、嵐《あらし》がやってきた。それも土下座《どげざ》の勢いで。

「俺《おれ》さ、メーの初恋《はつこい》に協力してやるって言ったくせに、楽しすぎてすっかり忘《わす》れちゃってさ。おこちゃまの乗り物も一緒《いっしょ》に乗ってやらなかったし、それで怒《おこ》って帰ったんだろ？」

「へっ？」

そういうことにしておいたほうがいいのかな。

いやいや、それもどうかと思うよ。

ぐるぐる考えているわたしの目の前に、嵐はズイッとお皿を突《つ》き出した。

ふわっと甘《あま》い匂《にお》いが漂《ただよ》う。

「お詫《わ》びに、ミルクレープ作ってきたから。これ食って機嫌《きげん》直してくれよ」

「えっ！　嵐が作ったの？」

切り分けられる前の丸いミルクレープは、ちょっといびつだけどとってもおいしそう。

「おう。今朝、早起きして作った。わりと簡単《かんたん》だったぞ。フライパンで作れたし」

「フライパン⁉」

「クレープ生地はホットケーキミックス使ったし」

まさか、そんな庶民的《しょみんてき》なアイテムで作れるなんて、知らなかった。

ミルクレープって、パティシエが特別な技術と材料を使って作ってるんじゃないの？　だって、あんなに薄《うす》く何層《なんそう》も重ねるなんて、熟練《じゅくれん》の技に決まってる。そう思い込んでいたから作ってみようなんて気にならなかったし、レシピを見ようとも思わなかった。

わたしって、自分が思ってる以上に思い込《こ》みが激《はげ》しいのかも。ちょっと反省。

昨日の遊園地も、やっぱり余計なお世話だったかな。嵐の気持ちを考えていなかった。

でも、同性だからって、五十嵐《いがらし》くんに恋を諦《あきら》めてほしくなかったんだ。

そもそも嵐の恋愛対象が「女子《じょし》」かどうか、わからないんだし。

「ほら、切り分けたから食おうぜ」

「あ、うん。ありがとう。いただきます」

一口食べて、わたしは目を見開いた。

「おいしい！」

嵐《あらし》のミルクレープは、クレープ生地がちょっとパサパサだし、生クリームも甘《あま》すぎる。

だけど、生地の間に、いろいろなジャムや果物が隠《かく》れているんだ！

「こんなミルクレープ、初めて！　すっごくおいしい！！！！」

「だろ〜？　ちょっとは見直した？」

「見直した！　嵐、すごいよ！」

「あはは。俺《おれ》さ、実は料理わりと好きかも」

「へぇ〜」

「男のくせにって思った？」

「思ってないよ。男のくせにとか、女だからとか、もう古いでしょ」

「まぁ、メーは『男らしさ』『女らしさ』とかにとらわれないタイプだもんな」

キョトンとしてしまった。嵐がわたしのなにを知ってるというんだろう。

「なんでわかるの？」

「なんとなく。でも、ほんとは赤が好きなのに無理して水色を選ばなくてもいいと思うぜ」

「……っ」

驚《おどろ》いて息をのんだ。心の奥《おく》にしまっていた記憶《きおく》が呼《よ》び起こされる。

そうだ。わたし、赤いランドセルが欲《ほ》しかったのに言えなかったんだった。

男の子は青、女の子は赤って決めつけるのはよくないけど……。「女の子だからって赤が好きだと決めつけるのはやめよう」っていう風潮《ふうちょう》に、あのときのわたしは、逆に自由を奪《うば》われてしまった。

赤いランドセルを選んだわたしに、お父さんとお母さんが言った。

「本当に赤でいいの？　でも、ほかにもこ〜んなにたくさん種類があるんだよ」

「何色でもいいんだよ。女の子は赤って決まってるわけじゃないんだから」

水色やラベンダー色やキャメル色のランドセルを持ってにこにこしてるふたりに、赤が好きって言えなかった。

あのころのわたしには、「無理して女の子らしさを選ばなくてもいいよ」の圧力はとても強すぎて。あれからずっと、水色が好きなフリをしてたんだ。

お父さんとお母さんに悪気はなかったって、今ならわかるけど、当時は変なのって思った。

「赤は女の子の色だと決めつけない」を押《お》しつけないでって。

「誰《だれ》もが自分の好きな色を、自由に選べるのが理想だよな」

ふと聞こえてきた嵐《あらし》の言葉に、わたしは素直にうなずいていた。嵐の声って、こんなに穏《おだ》やかで低かったっけ。わたしが知ろうとしなかっただけ？

今、気づいた。嵐はいい奴だ。ガサツで無神経だけど、フラットだ。ひょいといろんなものを飛び越《こ》える。

「遊園地、楽しかった？」

「すげー楽しかった！　悠真《ゆうま》がいい奴でさ！　なんか気が合うんだよね」

「ふーん。よかったね」

「また遊びに行こうぜ。３人で！」

「ふたりで行って来たらいいじゃん」

「おい〜。スネるなよ。悪かったって」

「別にスネてないって。そうだ。もうひとり、ミルクレープが好きな人がいるんだよ」

「悠真だろ？　昨日聞いた。これ、悠真の家に届《とど》けてやろうかな」

「いいんじゃない？　喜ぶと思うよ。すっごくおいしいから」

「だよな。んじゃ、メーの機嫌《きげん》も直ったことだし、行ってくるわ」

1ピース欠けたミルクレープを持って、嵐がうちのリビングを飛び出していく。

お皿の上のミルクレープを口に運んで、わたしはフフッと笑った。

嵐が『五十嵐嵐《いがらしらん》』になる未来はゼロじゃない……かも。

でも『五十嵐メイ』になれる可能性も、1％くらいはあると思いたい。

――って、本当に諦《あきら》めが悪いな、わたし。もう砕《くだ》け散ったのに。

「でもまぁ、未来は誰にもわからないもんね」

自分と誰かの未来や想いを、決めつけないでおこう。

五十嵐くんと、嵐と、わたし。

思い描《えが》く未来も、幸せの形も、きっとそれぞれ違《ちが》う。

それぞれの幸せを願いながら、窓《まど》の外に広がる真っ赤な夕焼け空を見上げた。

失恋ブラウニー、
不登校マドレーヌ

額賀澪

MIO NUKAGA

バレンタインデーとホワイトデーは、一か月しかちがわないのに、なんだか空気が別物だ。

教室で自分の机《つくえ》に頰《ほお》づえをつき、ふと、わたしはそんなことを思った。

前の席は、クラスの男子で一番背《せ》が高い佐木《さき》君。バレンタインの日、佐木君の机にきれいにラッピングされたチョコレートが入っているのが、わたしの席から見えた。

ホワイトデーの今日、佐木君は教室に入って来るなり、クラスの女子で一番背が高い古内《ふるうち》さんの席に行き、「ほれ、お返し」と透明《とうめい》なフィルムに入ったマカロンを差し出した。

嬉《うれ》しさ半分、恥《は》ずかしさ半分で顔を赤くする古内さんと、大好きなアイドルを生で見たみたいな甲高《かんだか》い歓声《かんせい》を上げる古内さんの友人たち。

古内さんが佐木君にバレンタインチョコをあげたのなんて、今ではクラスメイト全員に知れ渡《わた》っているから、佐木君がホワイトデーのお返しをあげたことにも、みんなそこまでおどろかない。

「いや、別に、適当に買ったやつだし」

佐木君はクールにそっぽを向くけれど、わたしは知っているのだ。あのマカロンは、学校の側の商店街にある、結構有名なケーキ屋さんのものだ。絶対に「適当に買ったやつ」ではない。

「いいねー、お幸せにぃ〜。わたしもマカロンほしいな〜」

歌うようにつぶやいたら、隣《となり》の席で今日提出の宿題を片《かた》づけていた小学校のころからの仲良しである沙梨《さり》が呆《あき》れた様子で顔を上げた。

「いやいや、七海《ななみ》、バレンタインに誰《だれ》にもチョコあげてないでしょ。わたしにすらくれなかったじゃん」

「えー、だって、沙梨にあげてもねえ。普通《ふつう》に放課後にコンビニでお菓子《かし》買って食べて帰るのと変わらないし」

あはは、と笑ったとき、不思議なほど大きな音を立てて教室の戸が開いた。ホワイトデーに浮《う》かれていた教室が、シンと静まりかえってしまう。

一年二組の教室にやって来た女の子の顔に、わたしも、沙梨も、きっと古内さんも佐木君も……教室にいる生徒全員が、ピンとこなかった。別のクラスの子が来たのだと思った。

ピンク色のフレームのメガネをかけて、長い黒髪《くろかみ》を揺《ゆ》らすその子は、確かにわたしたちの通う常花《とこはな》中学の制服を着ていた。グレーのブレザーに、紺色《こんいろ》のチェックスカート。上履《うわば》きの爪先《つまさき》が青色だから、間違《まちが》いなく一年生のはずだ。

「え、誰《だれ》……？」

思わず声に出してしまった。

中学一年生とはいえ、もう三学期が終わりに差しかかっている。クラスがちがったって、同級生の名前と顔は大体わかる。

なのに、本当に、このメガネの女の子が誰だかわからない。

メガネの女の子は教室を見回し、どうしてだか、わたしの顔を見て「ああっ！」と声を上げた。

そのまま、真っ直ぐ、わたしに向かってくる。

本当に真っ直ぐ歩くものだから、途中《とちゅう》でほかの生徒の机にガコンガコンと足や腰《こし》をぶつける。それでも構わずわたしの前に立った。

「あの、同じクラスの市ヶ谷七海《いちがやななみ》さんですよね？」

「そ、そうだけど……ごめん、誰？」

イスの上でわたしは彼女から身を引いた。

「同じクラスの」と言ったけれど、こんな子、うちのクラスにはいない。

わたしの言葉に、メガネの彼女は「あ、そうか」と目を丸くする。

「わたしは市ヶ谷さんの顔をよく知ってるけれど市ヶ谷さんはわたしを知らないですもんね」

かしこまった顔でお辞儀《じぎ》をして、彼女は自己紹介《じこしょうかい》をする。

「一年二組、出席番号一番の、相原和奏《あいはらわかな》です」

自分の席からそっと目の前のできごとを見守っていた沙梨《さり》が「ええっ？」と大声を出す。

沙梨だけじゃない。佐木《さき》君と古内《ふるうち》さん、古内さんの友達に、ほかのクラスメイトたちまで、みんな一斉《いっせい》に「ええっ？」と声をあげた。

「相原さん、って」

言いかけて、言葉を飲みこむ。相原さんはわたしの表情とは正反対の穏《おだ》やかな笑《え》みを浮《う》かべてうなずいた。

「はい、一学期からずっと不登校だった、相原和奏《あいはらわかな》です」

無意識に視線《しせん》が教室の後ろに向いてしまった。窓際《まどぎわ》に、誰《だれ》も座《すわ》っていない、カバンも荷物も置かれていない机《つくえ》がある。

アレが、相原さんの席だ。あそこに誰かが座っているのを、この一年、ほとんど見たことがない。

一年二組の不登校だった生徒が、およそ一年ぶりに学校にやってきた。その事実に、教室中の視線がわたしたちに集まっている。

「市ケ谷《いちがや》さん、バレンタインの日、チョコブラウニーをありがとうございました」

バレンタインという言葉に、思わず肩《かた》がビクッと揺《ゆ》れた。相原さんは構わず、背負《せお》っていたリュックから可愛らしくラッピングされた袋《ふくろ》を引っ張り出す。

「これっ、バレンタインのお返しです。今日、ホワイトデーだから」

はいっ、とわたしの胸元《むなもと》にピンク色の袋が押《お》しつけられる。相原さんのメガネと同じピンク色だ。銀色のリボンできれいに飾りつけられている。

「バレンタインの……お返し……」

「はい！　お母さんとマドレーヌを焼いたので、よかったら食べてください」

恐《おそ》る恐る、相原さんの顔を見た。ピンク色のメガネのフレームから、甘《あま》ったるい香りがしてきそうだった。

「七海《ななみ》、相原さんにバレンタインあげたの？」

教室中にただよう疑問《ぎもん》を代表するようにして、沙梨《さり》が聞いてくる。「いや、その」と口ごもるわたしをよそに、相原さんは「はい！」とうなずいた。

「わたしの家に、プリントと一緒《いっしょ》に美味《おい》しい美味しいブラウニーを届《とど》けてくれたんです」

教室の戸が開く。担任の椿《つばき》先生が「朝のホームルーム、やるぞー！」と出席簿を片手に元気よく入ってきた。

「ええっ、相原、どうした突然《とつぜん》！」

久々に登校した一年二組の仲間に、椿先生が誰よりも驚《おどろ》いていた。

「そうかそうか〜、市ケ谷《いちがや》にバレンタインデーのお返しがしたくて登校したのか」

朝のホームルームを早めに終わらせた椿《つばき》先生は、ご機嫌《きげん》でわたしと相原《あいはら》さんをベランダに呼《よ》び出した。教室ではクラスメイトがいつも通りおしゃべりしているのだが、チラチラとこっちを気にしているのがわかる。すごくわかる。

「本当なら学校にお菓子《かし》を持ってくるのは禁止なんだけど、今日ばかりは二人の友情に免《めん》じて、大目に見ちゃおうかな」

二十六歳の椿先生は、常花中《とこはなちゅう》の先生の中で一番若《わか》い。別に顔がカッコイイわけじゃないけれど、ほかの先生にはない「話しかけやすいお兄さん感」はあるから、たぶん、それなりに人気者な先生だ。

「先生、ありがとうございます！」

「相原が学校に来てくれて嬉《うれ》しいよ。このまま一年生が終わっちゃうのはさびしいなって思ってたんだ。終業式まで十日くらいしかないけど、楽しい三学期にしような」

「はーい！」

昨日まで一年近く不登校だったのが嘘《うそ》みたいに、相原さんは元気にニコニコしている。わたしはため息をこらえた。

いや、不登校だったからって暗い顔をしていてほしいわけじゃないんだけど、でも、だけど……椿先生が来たせいで受け取るしかなかったバレンタインのお返しを思い出して、やっぱりため息がこみあげてしまう。

「市ケ谷、ありがとうな」

相原さんに先に教室に戻《もど》るように言って、椿先生はわたしに笑いかける。入学式の日に「生まれてから一度も虫歯になったことがない！」と自慢《じまん》していた白い歯が、朝の穏《おだ》やかな日差しの下でまぶしい。

「別にわたしは、何もしてないし」

「バレンタインに友チョコをあげたんだろ？　それに、いきなりチョコが届《とど》けられても相原は学校に来られなかったと先生は思うぞ。市ケ谷がずっと相原にプリントを届けてたから、信頼《しんらい》の積み重ねってやつだよ、きっと」

信頼の積み重ね……？　思わず顔をしかめたわたしに、椿《つばき》先生は「そんなに照れるなよ」と笑って、教室に戻《もど》った。出席簿《しゅっせきぼ》と提出物を両手にかかえて、駆《か》け足で教室を出ていく。

相原《あいはら》さんは何食わぬ様子で自分の席についた。隣《となり》の席の子が遠慮《えんりょ》がちに話しかけると、ぎこちなく、でもちゃんと笑顔で応えた。メガネのフレームがピンクなおかげで、表情はぐっと明るく見える。

相原さんにもらったマドレーヌは、わたしのスクールバッグの奥《おく》に押《お》し込《こ》んである。

相原さんが不登校になったのがいつからだったのか、正直わからない。

入学式にはいたはずだ。教室の後ろに貼《は》られたクラス写真を確認《かくにん》したら、端《はし》っこに相原さんの顔があったから。でも、メガネのフレームはピンクではなかった。地味な黒いフレームのメガネだった。

ということは、相原さんは次の日から学校に来なくなったんだろうか。

入学式の日独特の、誰《だれ》と誰が仲よしで、自分は誰と仲よくなれそうか、とりあえず同じ小学校出身の子と一緒《いっしょ》にいようとか、そんな人間関係の探《さぐ》り合いに一生懸命《いっしょうけんめい》だったわたしは、相原さんが教室にいなかったのかわからないのだ。

ただ、陸上部に入部届《にゅうぶとどけ》を出したころには、「うちのクラスには不登校が一人いる」という状態が当たり前になっていた。

そんな相原さんに、椿《つばき》先生は一週間に一回、クラス通信や宿題のプリントを届《とど》けていた。

わたしがそれを知ったのは、去年の夏休み前。放課後、部活帰りに学校の側の商店街を歩いていたら、たまたま椿先生とすれちがった。

「え、椿先生、毎日相原さんの家に行ってるの？」

事情を聞いたわたしは、確かそんなふうに言ったのだ。最高気温が三十五度をこえる日が何日も続いていて、夕方になっても商店街はじっとり暑かった。

「毎日じゃないよ。五月ごろは顔だけでも見るようにしてたんだけど、あんまりしつこいと相原も嫌《いや》になっちゃうだろ？　だから最近はプリントを届けるだけだよ」

なんてことない仕事のうちのひとつです、みたいな顔で椿《つばき》先生は笑っていたけれど、学校の先生という仕事は結構いそがしいものだと、わたしだってぼんやり理解していた。

三日おき、下手したら毎日プリントを届《とど》けるというのは、なかなか大変なはずだ。

「そっか～、頑張《がんば》ってね」

そのときは、軽く手を振《ふ》って椿先生と別れた。

夏休みが明けた九月の終わりごろ、また商店街の同じ場所で先生と会った。暑さは少し弱まっていて、商店街にあるお肉屋さんから、コロッケを揚《あ》げる香ばしい匂《にお》いがただよっていた。

前回と同じく、わたしは部活帰りで、先生は相原《あいはら》さんの家からの帰りだった。

椿先生はこのまま学校に戻ると言っていた。まだ仕事が残っているからって。プリントを届《とど》けるのが遅《おそ》くなると相原さんの家に迷惑だから、夕方のうちに行くようにしてるんだとか。

「ていうか、プリントなんて郵便《ゆうびん》で送ればよくない？　メールで送るとかさ」

「プリントを届けるのは、相原の家に行く口実みたいなものさ。直接相原やご両親と会って、様子を聞くために行ってるの」

「でも、最近はプリントを届けてるだけなんでしょ？」

「それはそうだけど……」

困《こま》った顔で肩《かた》を落とした椿先生に、どうしてだか、ポロッとわたしは言ってしまったのだ。

「わたしがたまに行ってあげようか？　先生の代わりに」

「代わりにって、市ケ谷《いちがや》が？　相原の家に？」

「そう。商店街の先なら、わたしと相原さんの家、そんなに離《はな》れてないと思う」

ポカンと口を開けた先生の顔がおかしかった。虫歯になったことがないのが自慢《じまん》の歯は、夕方の商店街のアーケードの下でも白かった。

「いや、でもな、これは先生のお仕事だから」

「えー、椿先生、頑張って通ってるのに相原さんに相手にされてないんでしょ？　同じ女子の方がいいんじゃない？」

あはは、と笑ったわたしに、椿先生は「それはそうかもしれない」と真剣《しんけん》な顔で考え込《こ》んだ。

かくして、わたしは椿先生の代わりに相原さんの家に週に一度、プリントを届けるようになった。

わたしの家は小学校の学区の端《はし》っこで、隣《となり》の小学校に通っていた相原《あいはら》さんの家も、学区の端っこだった。遠回りと言っても、帰宅時間《きたくじかん》が十分遅《おそ》くなるくらいだった。

相原さんの家のポストにプリントを入れて、インターホンを押《お》して、「常花中《とこはな》一年二組の市ケ谷七海《いちがやななみ》です。プリントをポストに入れておきました」と言って、それでおしまい。

相原さんのお母さんが玄関《げんかん》のドアを開けて「いつもありがとう」と笑いかけてくれるから、「いえいえ！」とお辞儀《じぎ》をする。

わたしのそんな姿《すがた》を相原さんのお母さんが椿《つばき》先生に報告してくれるらしく、ときどき先生から「市ケ谷は礼儀《れいぎ》正しいな」とほめられた。

そんなこんなで、週に一度、相原さんの家にプリントを届《とど》けるのは、すっかりわたしの習慣になっていた。月に一度は椿先生が相原さんの家に行くから、同じミッションに挑《いど》むバディみたいな一体感が、わたしと椿先生の間にはあった。

先月——二月十四日、バレンタインデーの日も、わたしは相原さんの家に行った。耳たぶがちぎれちゃいそうなくらい、寒い日だった。

マフラーに顔を埋《うず》めて、一週間分のプリントを、ポストにそっと投函《とうかん》した。

そして、間違《まちが》いなく、チョコブラウニーを一緒《いっしょ》にポストに入れた。

ナッツとドライオレンジがたっぷりとのった手作りのブラウニーだ。我《われ》ながら、いい出来だと思っていた。

インターホンは押さず、そのまま家に帰った。途中《とちゅう》から駆《か》け足になった。頬骨《ほおぼね》に、膝小僧《ひざこぞう》、指先が、寒さでじんじんと痛《いた》かったのを、今もよく覚えている。

まさか、あのブラウニーがホワイトデーにマドレーヌになって返ってくるなんて。


「理科室の場所がわかりません」

二時間目の授業が終わったところで、相原さんがわたしの席までやってきた。手には三時間目の理科の教科書。

「え、ウソ、知らないの？」

わたしより先に沙梨《さり》が反応した。

「入学式の次の日から学校に来てないので」

きっぱりと答えた相原《あいはら》さんに、沙梨がふふっと吹《ふ》きだす。

「やだ、相原さん、面白いね」

不登校の子には、もっとデリケートに接しないとダメな気がしていたのに、あまりにあっけらかんとされるから、おかしくて笑ってしまう。その気持ちは、よくわかる。

わかる、けど。

「一緒《いっしょ》に行こうよ。理科室、一年の教室からだとちょっと遠いんだよね」

沙梨とわたしと相原さん、三人で横に並《なら》んで、理科室に向かう。相原さんがかかえる理科の教科書には、使いこまれた跡《あと》がある。

ああ、学校に来てなくても、勉強はしてたんだ。相原さんの胸元《むなもと》をじっと見つめて、わたしはそんなことを思った。

「ねえ相原さん、七海《ななみ》のチョコブラウニー、美味《おい》しかった?」

わたしを見てニヤリと笑ったと思ったら、沙梨が相原さんにそんなことを聞く。

「七海ってば、バレンタインは面倒《めんどう》だから誰《だれ》にもチョコあげないって言ってたんだよ？　なんで相原さんにはあげてんのさーって話じゃない？」

ちょっと、話をややこしくしないで。言いかけたわたしを押《お》しのけるように、相原さんが「はい！」とうなずく。首がもげそうなくらい、大きく。

「すごく美味しかったです。ナッツがいっぱいのってて、とっても甘《あま》くて。うすく切ったオレンジがのってるから、さっぱりしてるんです」

ああ、そっか。美味しかったんだ。

それは果たして、よかったんだろうか。

一体、今日何度目だろう。わたしはため息を我慢《がまん》した。

「わたし、市ヶ谷《いちがや》さんのブラウニーに感激《かんげき》しちゃって、美味しいし、ラッピングもすごくきれいだったし、不登校のわたしにまでチョコを届《とど》けてくれるなんてって嬉《うれ》しくなって、どうしてもホワイトデーにお返しがしたかったんです」

ふんふんと興奮気味《こうふんぎみ》に話す相原さんに、いよいよわたしは「どうしてこの子は不登校だったんだろう」と思いはじめていた。

だって、普通《ふつう》にわたしに話しかけてくるし、ちゃんとコミュニケーションも取れるし、元気だし。

「何をお返しすればいいかわからないから、とりあえずお母さんと本屋さんに行って、人気っぽい恋愛《れんあい》マンガをいっぱい買って読んだんです」

「なにそれ！　なんで恋愛マンガ？」

「バレンタインとホワイトデーの話が参考になるかなと思って」

「いや、ならんでしょ。恋愛マンガのバレンタインって、ゴリゴリの本命チョコしか出てこないでしょ」

ほら、沙梨《さり》とも普通に話してるし。

「それで、恋愛マンガを読んでたら、わたし、恋愛がしてみたくなっちゃって」

わたしの思考を、相原《あいはら》さんの弾《はず》んだ声が吹《ふ》き飛ばす。

「――は？」

呆然《ぼうぜん》と立ち止まってしまったわたしに、沙梨が一歩遅《おく》れて足を止める。わたしと全く同じリアクションをした。

「恋愛がしてみたい？」

わたしの言葉に、相原さんがまた大きく頷《うなず》く。

「でも、恋愛するならまず学校に行かないと出会いが全然ないって気づいたんです。だって、恋愛マンガの主人公、みんな学校に行ってたんですもん。だから、とりあえず学校に行こうって思って」

「え、じゃあ、わたしへのマドレーヌはそのついで？　ついでだったの？」

「ついでじゃないですけど、いいきっかけになりました。市ケ谷《いちがや》さんにはとても感謝しています。お母さんが今度ちゃんとお礼をしたいからお家に呼《よ》びなさいと言っています」

いや、別に、ショックなわけじゃないけれど。でも、こうもあっさり言われてしまうと……マドレーヌをどうするべきか悩《なや》んでいた自分が馬鹿みたいだ。

「相原さん、面白いね。おもしれー女だね」

お腹をかかえて笑う沙梨とは正反対に、わたしは理科室につくまで相原さんの横顔を呆然と見つめていた。

帰りのホームルームのために教室にやって来た椿《つばき》先生が、相原《あいはら》さんがわたしと沙梨《さり》と話しているのを見てホッとしたのがわかった。

自分が担任《たんにん》をしているクラスに不登校がいるっていうのは、やっぱり大変なことなんだろう。校長先生から怒《おこ》られたりするんだろうか。

短いホームルームを終え、日直が号令をかけると、教室はだらんと緩《ゆる》んだ空気になった。

今日は学校全体で部活が休養日だから、みんな急いで部室に行く必要がない。沙梨は塾《じゅく》があるからと先に帰ったけれど、わたしは天日干《てんぴぼ》し中の布団みたいにベランダからグラウンドを眺《なが》めていた。

梅の花が咲《さ》きだしたとはいえ、外の空気はひんやりしていた。でも、これくらいがちょうどいい。

別に家に帰りたくないから布団になっているわけではない。相原さんを待っているのだ。

「古内《ふるうち》さん、わざわざありがとうございました！」

相原さんが古内さんと一緒《いっしょ》に教室に戻《もど》ってきた。図書委員の古内さんに、図書室での本の借り方を教わりにいっていたらしい。

本当に、昨日まで不登校だったように見えない。

スクールバッグ片手《かたて》に帰っていく古内さんに手を振《ふ》って、相原さんはベランダにやってきた。

「市ケ谷《いちがや》さん、遅くなってごめんなさい」

「いいよ。そんなに待ってないから」

相原さんと一緒に帰る約束をした。三時間目の前に「お母さんが今度ちゃんとお礼をしたいからお家に呼《よ》びなさいと言っています」と言っていたのはどうやら本気だったらしく、「部活が休みなら今日来ませんか？」と誘《さそ》われたのだ。

断ろうと思った。思ったのだが、誘われたのが四時間目の終わりで、四時間目は椿先生が担当する英語の授業で、相原さんのお誘いは椿先生にバッチリ聞こえていたのだ。

――いいじゃないか！　行ってこい行ってこい。

白い歯をのぞかせてそう言われたら、「嫌《いや》です」なんて答えるわけにはいかない。

「楽しんでるみたいだね、久しぶりの学校」

「はい、なんか、ずっと休んでたのがもったいないなって思いはじめました。クラスのみんな、すごく優《やさ》しいし」

たった一日で、相原《あいはら》さんはすっかりクラスになじんでいた。そのほとんどは沙梨《さり》が「ねえねえ、相原さんって面白いんだよ」といろんな子に話したおかげだ。

「一年二組の不登校の相原さん」が登校してきたら、きっと教室中の空気が緊張《きんちょう》して、みんな腫《は》れ物に触《さわ》るように接するんだろうと思っていた。

でも、そんなことはなかった。

「相原さん、本当に恋愛《れんあい》したいから学校に来たの？」

隣《となり》で手すりに寄りかかる相原さんに、変な空気にならないようにさり気なく聞いた。

「はい、恋愛マンガみたいなドラマチックなやつじゃなくていいので、来年はバレンタインに誰《だれ》かにチョコを渡《わた》したいです」

「でも、恋愛ってそんなにいいもんじゃないと思うよ」

相原さんの言葉をはたき落とすように、無意識につぶやいてしまった。手すりから右ひじがずり落ちそうになった。

あーあ、口がすべった。

適当にはぐらかそうと次の言葉を探《さが》すわたしの顔を、相原さんがのぞきこむ。

「ずっと市ケ谷《いちがや》さんに聞きたいことがあったんです」

「……なに？」

相原さんの目はあまりに真剣《しんけん》で、わたしの胸《むね》の奥底《おくそこ》を見透《みす》かそうとしているみたいだった。

「あのブラウニー、本当はわたしじゃない別の人に渡したかったんですよね？」

「？」と疑問形《ぎもんけい》で聞くけれど、相原さんはわかりきっているみたいだった。

あのブラウニーは、相原さんにあげるために作ったんじゃないってこと。

喉《のど》の奥が震《ふる》えて、言葉がすぐに出てこない。

「ど、どうして？」

やっと出た声は擦《かす》れてしまった。

「だって、どう見たって、友達でもなんでもない不登校のクラスメイトにあげるためのものじゃなかったから。気合いが入ってた。お母さんも『これって好きな人にあげるようなやつじゃない？』って言ってたので」

じわじわと耳が熱くなった。きっと頰《ほお》も真っ赤になっている。

ぎゅうっと両手を握《にぎ》りしめて、「ちがう」と言おうとした。わたし、お菓子《かし》作りが趣味《しゅみ》なの。バレンタインに友達用のチョコをいっぱい作ったから、あまりを相原《あいはら》さんについでにあげたの。ほら、わたし、結構優《やさ》しい性格だから。

そう言おうとして、沙梨《さり》が「七海《ななみ》ってば、バレンタインは面倒《めんどう》だから誰《だれ》にもチョコあげないって言ってたんだよ？」と相原さんに教えてしまったことを思い出した。

罰《ばち》が当たったたんだろうか。渡すことのできなかったバレンタインチョコを、相原さんに押《お》しつけたから。

「うん、そうだよ。あのブラウニー、相原さんのために作ったんじゃない」

正直に言ったら、胸《むね》がすっとした。体の中を、爽《さわ》やかな風が吹《ふ》いていった。

「本当はね、椿《つばき》先生にあげたかったんだ」

いつから椿先生を好きだったかは、よくわからない。

入学式で「生まれてから一度も虫歯になったことがない！」と言っているのを見たときは、「なんの自慢《じまん》？」と沙梨と笑い合った。

歯は確かに白いしきれいだけど、顔がカッコイイわけでもない。

でも、話しかけやすい先生だった。わたしがたまに生意気なことを言っても、馴《な》れ馴れしく話しかけても、怒《おこ》らない先生だった。

相原さんの家にプリントを届《とど》けた椿先生と商店街で会ったときは、ラッキーと思った。学校の外で会えるのが嬉《うれ》しかった。

たぶん、そのときはもう好きだったのだと思う。どこが好きかと聞かれたら困《こま》るけど……困るくらい、椿先生の存在《そんざい》が全体的に、まろやかに、好きだった。

椿先生の下の名前が総司《そうじ》で、先生がそれを「新選組《しんせんぐみ》の沖田総司《おきたそうじ》と一緒《いっしょ》だ」と言っていたからっていう理由だけで、わたしは新撰組が題材の大河ドラマを全部見た。まだ授業では全然習ってないのに、幕末《ばくまつ》に怖《こわ》いくらい詳《くわ》しくなってしまった。

バレンタインにチョコを渡《わた》したいと、生まれて初めて思った。大真面目に渡すのは怖いから、昼休みにこっそり先生の靴箱《くつばこ》にでも入れられたらいいなと思っていた。

甘《あま》いものがそこまで好きではない椿《つばき》先生のために、甘さ控《ひか》えめのオレンジブラウニーを作った。

ナッツを多めに入れて食べ応え満タンにして、ドライオレンジをのせて、見た目にもこだわった。一番きれいに焼けたブラウニーの、一番きれいに切れた、一番美味《おい》しそうな部分を、先生のためにラッピングした。

喜んでもらえるに違《ちが》いないと思っていた。

でも、あの日——二月十四日の朝、ホームルームのために教室にやって来た椿先生の左手の薬指には、銀色の指輪が嵌《は》まっていたのだ。

前の方の席の子がそれに気づいて、「えっ、先生!」と黄色い声を上げた。

椿先生は、白い歯をこれでもかと見せつけるようにして笑い、左手をわたしたちに向かって掲《かか》げた。

先生の長い薬指で、指輪が温かく光っていた。

「じゃーん、先生、結婚《けっこん》しました！　みんな祝ってくれー！」

そこからのことは、よく覚えていない。教室がものすごく騒《さわ》がしくなって、でも最後はみんなで「先生、結婚おめでとー！」と拍手《はくしゅ》した。

お相手はどんな人ですかー？　とか、どこが好きなんですかー？　なんて質問が飛び交う中、椿先生は幸せそうに笑っていた。

その日は、相原《あいはら》さんの家にプリントを届《とど》ける日だった。

わたしに「今週もよろしくな」とプリントの入った封筒《ふうとう》を手渡《てわた》した先生の左手には、当然ながら結婚指輪があった。

胸《むね》がギュッと縮《ちぢ》こまるのがわかった。陸上部で走りこみをしてるときに、激《はげ》しく脈打つのと同じ場所。一メートルも走ってないのに、何千メートルも走ったみたいに胸が痛《いた》い。

行き場を失ったチョコブラウニーを、わたしは相原さんの家のポストにプリントと一緒に押《お》し込《こ》んだ。

一番きれいに焼けたブラウニーの、一番きれいに切れた、一番美味《おい》しそうな部分。ピンク色の包装紙《ほうそうし》でラッピングしたわたしの初恋《はつこい》を、そのまま寂《さび》しく家に持って帰ることができなかった。

だって、わたしはきっとそのブラウニーを、自分の部屋で一人泣きながら食べるんだもの。

ブラウニーがなくても、部屋で泣いたんだけど。


ブラウニーの秘密《ひみつ》を正直に話して、わたしは恐《おそ》る恐る相原《あいはら》さんの顔を見た。

ベランダの手すりに頬《ほお》づえをついた相原さんは、野球部もサッカー部もいないグラウンドを眺《なが》めている。

昇降口《しょうこうぐち》から正門に向かって、生徒たちがぞろぞろと歩いていくのが見えた。今日はホワイトデー。一体、この中の何人がホワイトデーの贈《おく》り物をもらったのだろう。あげたのだろう。想いが通じ合った人は、何組いるのだろう。

「なるほど、そういうことだったんですね」

わたしの方を見ず、相原さんがつぶやく。

「押しつけてごめん」

「市ケ谷《いちがや》さんが謝ることないです。だって、わたしはあのブラウニーがきっかけで、学校に来られたんですから。明日もちゃんと学校に行こうって思えてるんですから」

「いやいや、相原さん、今日一日、みんなと仲よく過ごしてたじゃない。ブラウニーなんてなくても別のきっかけがあれば、登校できてたよ」

「その〈きっかけ〉が、一年近くなくて困《こま》ってたんです」

不思議なほど澄《す》んだ声に、わたしは再び相原さんを見た。わたしの顔を、相原さんはじっと見ている。

「わたし、小学校のころに仲のよかった友達とクラスが離《はな》れちゃって、どうしようと思いながら入学式に来たんです。思った通り、入学式の日に誰《だれ》にも話しかけられなくて。そしたら、次の日に風邪《かぜ》を引いたんです。学校を休んで、ちょっとホッとして、次の日も『熱は下がったけど頭が痛《いた》いかも』なんてお母さんに嘘《うそ》をついて休みました」

ふう、と相原《あいはら》さんが肩を落とす。困《こま》ったような、自分に呆《あき》れているような、そんな笑みを浮《う》かべた。

「三日休んだら、学校に行くのが怖《こわ》くなっちゃったんです。きっともう仲よしグループができちゃってて、わたしはたぶん仲間に入れてもらえないし、もしかしたら『え、こんな子うちのクラスにいた？』って反応をされるかもって思って」

「それで、登校できなくなったの？」

「変ですよね。こうやって思い切って来てみたら、全然平気だったのに。市ケ谷《いちがや》さんがプリントを届《とど》けてくれる日、インターホンが鳴ったらこっそり部屋の窓《まど》から外を見てました。『市ケ谷七海《ななみ》です』ってあいさつするのを見て、仲よくできるかもしれないって思った。それでも学校に行く決心がつかなかった」

わたしは幸運にも、何日も何週間も学校を休んだ経験がない。風邪《かぜ》を引いて二日だけとか、そんなレベルだ。

学校に行くのが嫌《いや》になるときもあるけれど、なんだかんだで毎日登校して、部活にも出てる。

「バレンタインの日、プリントと一緒にブラウニーが届いたのに驚《おどろ》いて、ちょっと、ときめきました。市ケ谷さんがわたしにバレンタインチョコをくれたんだって。お礼をするために恋愛《れんあい》マンガをいっぱい読んで、ホワイトデーで何をお返ししようか考えてる一か月間、すごく楽しかった。ホワイトデーに絶対学校に行くぞって気合いを入れて、メガネまで新しくしちゃった。わたしも誰《だれ》かにバレンタインにチョコを渡《わた》したいって思った」

相原さんが笑う。ふふふっと、鼻先で音符《おんぷ》が踊《おど》るみたいな笑い方。三月の冷たいけれど優《やさ》しい風が、相原さんの笑い声をのせて飛んでいく。

「市ケ谷さんの失恋ブラウニーが、わたしに登校のきっかけをくれたんです。とっても感謝してます」

「なによ、失恋ブラウニーって。わたしの痛《いた》い痛い苦い苦い失恋、かわいい感じになってるじゃん」

ああ、うん、でも。

「……でも、ちょっと楽になったかもしれない」

学校を出て、相原《あいはら》さんの家に行った。相原さんのお母さんが「長いこと和奏《わかな》を気にかけてくれてありがとう」とシュークリームを食べさせてくれた。

不登校の相原さんがずっと過ごしていた一人部屋で、相原さんとマンガを読んだ。本棚《ほんだな》に並《なら》ぶマンガは、笑っちゃうくらい恋愛《れんあい》モノばっかりだった。

「もうすぐ春休みになっちゃいますけど、二年生になったら、楽しい恋愛をしましょう！」

マンガを手に鼻の穴《あな》をふくらませて宣言《せんげん》する相原さんに、わたしは久々に声を上げて笑った。

何冊《なんさつ》かマンガを借りて、相原さんの家をあとにした。

帰り際に門の横のポストを見た。半年以上プリントを届《とど》け続けたポストだけれど、たぶん、もうここを使うことはない。

借りたマンガのせいで重くなったスクールバッグを肩《かた》から下げて、少し寒い夕焼けの中を一人で帰った。

明日、相原さんが学校に来たら、「とりあえず敬語《けいご》はやめよう」と提案してみよう。歩道に落ちる自分の黒い影《かげ》をぼんやり眺《なが》めながら、そう決めた。

「あと、市ケ谷《いちがや》さんじゃなくて、七海《ななみ》ちゃんって呼《よ》んでもらお」

声に出したら、足取りも軽くなった。相原さんのことを「和奏ちゃん」と呼ぶ自分を想像しながら、スクールバッグからマドレーヌを出した。

相原さんのメガネと同じピンク色のラッピングを開けて、マドレーヌをつまみあげた。

一口かじったマドレーヌは、甘《あま》く優《やさ》しいバターの味と香りがした。外はサクッとしていて、中身はしっとり柔《やわ》らかい。

相原さんの家で読んだマンガに、ホワイトデーの話があった。ホワイトデーのお返しに悩む主人公に、友人が「お菓子《かし》にはそれぞれ意味があるんだよ」と教えるのだ。

キャンディーだったら「あなたが好き」、マシュマロだったら「あなたが嫌《きら》い」、マカロンは「あなたは特別な人」、クッキーは「あなたと友達のままで」……。

マドレーヌは、「あなたともっと仲よくなりたい」だった。マドレーヌは二枚《にまい》の貝が重なり合った形をしているから、らしい。

マドレーヌで口をいっぱいにして、ゆっくりゆっくり飲みこんだ。

甘《あま》くて、優《やさ》しくて、でも飲みこむとき、少しだけ胸《むね》が痛《いた》い。そう簡単《かんたん》に痛いのは消えないらしい。

だって、何度も何度も味見したブラウニーの……ほんのり苦いチョコレート生地や、ナッツの食感、ドライオレンジの酸味を、わたしは鮮明《せんめい》に覚えているのだから。

でも、失恋ブラウニーのお返しにもらったマドレーヌの柔《やわ》らかなバターの香りも、ちゃんと口の中に残っている。

息を吸《す》ったら、冷たい空気の奥《おく》の方に、かすかに温かい春の気配を感じた。春の匂《にお》いは、甘いバターの香りと似ているのかもしれない。

チョコレート・ダモーレ

オザワ部長

BUCHO OZAWA

「チョコレート？　いったい誰《だれ》がこんなもの……」

里見杏介《さとみようすけ》は階段《かいだん》に落ちていた空のビニール袋《ぶくろ》をつまみ上げ、忌々《いまいま》しげに呟《つぶや》いた。

昼休み、アルトサックスの練習をしようと音楽室へ向かう途中《とちゅう》だった。袋の表面には『割《わ》れチョコ　ワケアリ特価148円』というシールが貼《は》られていた。

杏介が部長を務める神奈川県立港《みなと》高校吹奏楽部《すいそうがくぶ》、通称・港高吹部《みなこうすいぶ》には、吹奏楽コンクールで全国大会出場をめざすために厳《きび》しい部則がある。挨拶《あいさつ》の徹底《てってい》、掃除《そうじ》の励行《れいこう》、校内での昼食時以外の飲食は禁止、登下校時の買い食いもダメ。恋愛《れんあい》などもってのほかだ。

もしビニール袋に入っていた割れチョコを食べたのが部員だったら、部則違反《いはん》だ。ミーティングで犯人探《さが》しをしなければならないかもしれない。

つい先日も、3年生の伊東剛《いとうつよし》と2年生の山本陽奈《やまもとひな》が密《ひそ》かに付き合っているのが発覚し、大問題になったばかりだった。杏介は剛と仲が良かったし、剛の演奏技術やみんなをまとめる力にも一目置いていた。だからこそ、腹《はら》が立った。

「最後の全国大会に向けて一丸となって頑張《がんば》っていこうってときに、こそこそ恋愛かよ」

「杏介、ごめん。俺《おれ》と山本は別れることにしたから、許してほしい。山本は来年もあるから」

剛は頭を下げた。その後のミーティングでふたりは部員たちの前で謝罪した。

「なぁ、もう時代も変わったし、いつまでも恋愛禁止とかやってなくてもいいんだぞ？」

その様子を見ていた顧問《こもん》の岸辺《きしべ》篤《あつし》先生が言った。先生は港高吹部のOBだ。

「先生の時代の港高は全国大会常連でしたけど、もう15年間も全国大会に出られてないんです。僕《ぼく》たち3年生は一昨年も去年もコンクールで悔《くや》しい思いをしてきました。全国大会出場は僕たちの悲願です。そのためには、自分たちを厳しく律《りつ》していく必要があるんです」

杏介がそう主張すると、先生は「そうかぁ？」と腕組《うでぐ》みをして口をつぐんだ。

そのとき、杏介の目には、店の床《ゆか》に割れて散らばったチョコレートが浮《う》かんでいた。そうだ、愛だの恋だの言ったたって、所詮《しょせん》は――。

杏介は重い気持ちになりながら、チョコレートの匂《にお》いの残るビニール袋を制服のポケットの奥《おく》に突《つ》っ込《こ》むと、急いで楽器庫に行った。新年度を迎えたばかりで、わざわざ昼休みに練習しようという者はほかにいない。杏介《ようすけ》は担当《たんとう》楽器であるアルトサックスを組み立て、楽器庫を出ようとした。そのとき、制服のブレザーの裾《すそ》が棚《たな》の楽譜《がくふ》に引っかかり、楽譜の束がどさっと床《ゆか》に落ちた。

「整理しろって言ってあったのに」

杏介が慌《あわ》てて拾い上げようとしたとき、ふと一冊《いっさつ》の楽譜が目に留まった。

《チョコレート・ダモーレ　サクソフォーン、コルネットとピアノのために　伊藤康英《いとうやすひで》作曲》

表紙にはそう書かれていた。

「またチョコレートか……」

杏介はうんざりしたが、なんとなく曲が気になり、ぱらっとページをめくった。

アルトサックスとコルネットの二重奏《にじゅうそう》にピアノ伴奏《ばんそう》がついた曲だった。最初はアルトサックスのメロディから始まり、途中《とちゅう》でコルネットに代わる。

「ミファソ、ミミレ、レーミドー……」

音符《おんぷ》を読みながら歌ってみた。これなら吹《ふ》けそうだ。アルトサックスでコルネットの楽譜をそのまま演奏することはできないが、音符を読み替《か》えれば吹けるだろう。

杏介は音楽室へ行くと、楽譜をグランドピアノの上に広げた。アルトサックスのマウスピースを口に含《ふく》み、息を吹き込《こ》む。マウスピースに装着《そうちゃく》されたリードが振動《しんどう》し、その音がJ形の管体の中で増幅《ぞうふく》されて、ベルから響《ひび》き出す。

ミファソ、ミミレ、レーミドー……。

4分の3拍子《びょうし》で、出だしはメゾピアノ。テンポは、アンダンテ・モッソ《速めに歩くようなテンポで》。

まるで曲名のとおり、チョコレートのように甘《あま》く、かすかに切なさのある曲だった。杏介はチョコレートが嫌《きら》いだ。でも、この曲は——。

そのとき、不意に音楽室のドアが開いた。

現れたのは、長い黒髪《くろかみ》をふわりと揺《ゆ》らしたひとりの少女だった。杏介は驚《おどろ》いて演奏を止めた。こぼれ落ちそうな大きな瞳《ひとみ》と白い肌、すっと通った鼻筋《はなすじ》、桜色を帯びた小ぶりな唇《くちびる》。

杏介は思わず目を奪《うば》われた。

見たことのない少女だった。他校の制服を着ている。いったいどこの学校の子だろう。

「吹奏楽部の練習場所はここですか？」と少女は透き通った声で言った。

「そう、だけど……」

平静を装《よそお》うとしたが、妙《みょう》にぶっきらぼうな言い方になってしまった。

「楽器の音がしたから、部活をやってるのかなと思って」

「昼休みは自主練。たぶん、今日は俺《おれ》だけだと思う」

「そうなんですね。私、転校してきたんです。3年の樋野《ひの》岬《みさき》っていいます」

「経験者？」

「トランペットです。港高校みたいな名門校でやっていける自信はないけど」

岬は笑みを浮《う》かべた。窓《まど》から差し込《こ》む光は長いまつげを輝《かがや》かせ、つるっとした頬《ほお》や鼻筋《はなすじ》の白さを際立たせていた。

「いい曲ですね」

「え？」

「さっき……あなたが吹《ふ》いてた曲」

「あ、あぁ……これ。俺も初めて吹いたんだ」

杏介《ようすけ》が楽譜《がくふ》を手渡すと、岬は表紙を見て「チョコレート……」と呟《つぶや》いた。上質な工芸品のような左右の眉毛《まゆげ》の間に、一瞬《いっしゅん》、かすかな影《かげ》がよぎって消えた。

「サックスとコルネットのデュエットですね。あの、一緒《いっしょ》に吹いてみてもいいですか？」

いきなりの提案に杏介は驚《おどろ》きながらも、「別にいいけど」と答えた。コルネットとトランペットはよく似た金管楽器なので、同じ楽譜で演奏《えんそう》することができる。

「学校の楽器って貸してもらえたりするかなぁ。私、楽器を持ってなくて」

「すごく古いのならあると思う。だいぶ前から使われてないと思うけど」

楽器庫へ行き、杏介は棚《たな》の奥《おく》にしまわれていたトランペットを出してやった。ラッカーが剝《は》がれかけ、管体のあちこちが凹《へこ》んでいたが、岬は嬉《うれ》しそうに楽器を手に取った。マウスピースを洗《あら》ってタオルで拭《ふ》き、楽器に装着《そうちゃく》する。岬が息を吹き込むと、ボロボロの楽器とは思えない澄《す》んだ音色が響《ひび》き渡《わた》った。

「うん、良さそう。じゃあ、演奏してみましょうか」

ふたりは音楽室に向かい合わせで譜面台を立て、楽譜を置いた。最初はアルトサックスだけのメロディだ。杏介は岬に目で合図を送ってから演奏を始めた。

ミファソ、ミミレ、レーミドー……。

まるでコンクールのときのように緊張《きんちょう》し、音が小刻《こきざ》みに揺《ゆ》れてしまった。

17小節目からは岬《みさき》のトランペットがメロディを引き継《つ》ぐ。なめらかな音の出《アタック》だしに、伸《の》びのある安定した音。ピッチも正しい。音色は柔《やわ》らかく、美しい。

（この子はうまい！）と杏介《ようすけ》は驚《おどろ》いた。

32小節目からはサックスとトランペットの二重奏《にじゅうそう》になった。杏介は、自分が技術でも表現でも負けていると感じた。でも、そんなことはどうでもよかった。岬という少女との演奏はどこまでも楽しく、気持ちいい。いままで経験したことがない喜びが杏介を包んだ。

と、不意に演奏が途切《とぎ》れた。65小節目からはピアノ伴奏《ばんそう》だけで、ふたりとも休みなのだ。

そこは飛ばして――と言いかけたとき、チャイムが鳴った。

「これって昼休みの終わりですよね!?　早く教室に戻《もど》らなきゃ！」

岬は慌てて音楽室を出ていこうとしたが、振《ふ》り返って頭を下げた。

「いきなり一緒《いっしょ》に吹《ふ》いてくれて、ありがとうございました」

「こちらこそ。俺《おれ》、３年の里見《さとみ》杏介。吹奏楽部の部長です」

「さとみ、ようすけ、くん。ありがとう。また放課後、ここに来ます」

岬はにこっと微笑《ほほえ》むと、かすかな甘《あま》い匂《にお》いを残して去っていった。

3年生からの途中入部《とちゅうにゅうぶ》は珍《めずら》しかったが、岬はすぐ部員たちと打ち解け、仲良くなった。

特に同期の女子たちがなんやかやと岬に話しかけ、学校や部活のことを教えてやっていた。

港高ならではの厳《きび》しい部則について岬に伝えたのは杏介だった。

「――あと、恋愛《れんあい》も禁止だから」

杏介が言うと、岬は不思議そうに首を傾《かし》げた。

「どうしてそんなに部則が厳しいんですか？」

「入部前からあったんだ。大昔の先輩たちが自主的に決めたものらしいんだけど、俺たちも全国大会を目指すために引き継いでる」

そう言った後、杏介の目に剛《つよし》と陽奈《ひな》の姿《すがた》が映《うつ》った。トロンボーンとオーボエで席が離《はな》れているとはいえ、ふたりはお互《たが》いが存在《そんざい》しないかのように練習をしていた。自分が引き離したんだと思うと、杏介は胸《むね》が痛《いた》んだ。

「わかりました」と岬《みさき》が言った。

「えっ？」

「部則のこと。恋愛《れんあい》禁止のこととかも、理解しました」

杏介《ようすけ》は、岬のその言葉に少しがっかりした。

部員たちの中で唯一《ゆいいつ》、岬に対して冷たい態度を示していたのは、同じ3年でトランペット担当《たんとう》の松崎璃子《まつざきりこ》だった。

トランペットは吹奏楽《すいそうがく》の花形楽器だが、中でもソロやメロディを担当する1st《ファースト》のトップ奏者はエースだ。璃子は2年のときからトップを務めてきていたが、岬が自分と同等か、あるいは上回る力を持っていることがわかると、あからさまにライバル視《し》しはじめた。

「新学期が始まってから転校なんて、岬って前の学校で何をやらかしたんだろうね」

ある日、璃子は廊下《ろうか》の隅《すみ》で個人練習をしている杏介のところへやってくると、そう言った。

「余計な詮索《せんさく》してないで練習しろよ」と杏介はつっけんどんに言った。

「絶対ワケアリだよ。最近流行《はや》りのパパ活でもして退学《たいがく》させられたんじゃないの？　ああいう一見おとなしそうな子ほど危《あぶ》ないんだよ」

「璃子、やめろって」

杏介は語気を強めた。ふと、『ワケアリ特価』というシールの印字を思い出した。

「なによ！　高校生活最後のコンクールなのに、あの子が問題起こして出場辞退《じたい》とか、勘弁《かんべん》だからね。私、本気で全国大会行くつもりだから！」

璃子はそう言い放つと、唇《くちびる》を尖《とが》らせながら去っていった。

その日、杏介は部活が終わっても苛々《いらいら》した気持ちを引きずったまま帰宅《きたく》した。

「おかえり。今日、新作のフォンダン・オ・ショコラ作ったんだけど、味見してくれる？」

母の涼子《りょうこ》がそう声をかけてきた。涼子は自宅の1階の店舗《てんぽ》でパティスリーを営んでいる。

「ショコラ？　俺《おれ》がチョコ嫌《ぎら》いなの知ってるだろ」

杏介は不機嫌な声で答えると、2階の自分の部屋に引っ込《こ》んだ。

母さんだって、床《ゆか》に散らばったチョコレートのことを忘れていないはずだ。俺がチョコ嫌いになった理由を知っているくせに、なんで味見をしろなんて言うんだ。

杏介は顔からベッドに突《つ》っ込んだ。耳元にかすかにあの曲がよみがえってきた。

部活をしているとき、杏介《ようすけ》は暇《ひま》さえあれば岬《みさき》の姿《すがた》を目で追うようになった。

あるとき、ふと気づいたことがある。岬は部内の誰《だれ》とでも仲良くしていたが、誰に対しても一定の距離《きょり》を置いている。慎重《しんちょう》に、相手を近づけすぎないようにしている。そして、ときどきひとりでふいっと音楽室を出ていき、10分くらいして戻《もど》ってくる。部活が終わると、岬は誰よりも早く片付《かたづ》けをし、誰よりも早く帰っていく。みんなで声を合わせて「ありがとうございました」と言ってから、岬が音楽室を出ていくまで1分もかからない。「一緒《いっしょ》に帰ろうよ」とほかの女子に引き止められても、さりげなくスルーして必ずひとりで帰っていく。

「あれ、絶対パパ活だよ」

岬がいなくなったあと、楽器を片付ける杏介に璃子《りこ》がそう囁《ささや》いてきた。そろそろコンクールに向けて部内オーディションが行われる。璃子がピリピリしているのは感じていた。

「璃子、いい加減、樋野《ひの》を敵視《てきし》するのはやめろって」

杏介は諫《いさ》めたが、璃子は負けじと続けた。

「はっきり言うけど、本当は気になってるんでしょ？　杏介、いっつも岬のほうばっか見てるじゃん。キツいよね、好きな子がパパ活してるかもしれないなんて――」

杏介は反射的《はんしゃてき》に立ち上がり、璃子が手にしていたクリアファイルを叩《たた》き落とした。音楽室が静まり返る。床《ゆか》にはクリアファイルからこぼれ落ちた楽譜《がくふ》が散らばった。

まるで、店の床に散らばったチョコレートのように。

「なにすんのよ！」と璃子が睨《にら》みつけてきた。

杏介は言い返そうとしたが、璃子の目が潤《うる》んでいるのに気づき、言葉が出なくなった。

「部長が率先して恋愛《れんあい》とか、もう港高吹部《みなこうすいぶ》も終わりだね。最っ低！」

部員たちが杏介を見ていた。剛《つよし》と陽奈《ひな》からの視線《しせん》が痛《いた》かった。

「俺《おれ》は部則を破ってなんかいないし、破るつもりもない。恋愛なんて……くそ食らえだ」

杏介の力ない声は、沈黙《ちんもく》が響《ひび》きわたる音楽室の中に虚《むな》しく消えていった。

両親がなぜ離婚《りこん》したのか、杏介《ようすけ》は詳《くわ》しい理由を知らない。

父の研吾《けんご》はチョコレート専門の菓子《かし》職人であるショコラティエで、母の涼子《りょうこ》は菓子職人のパティシエ。ふたりで自宅《じたく》1階に店を開き、そこそこ繁盛《はんじょう》していたはずだった。

ところが、杏介が小学校高学年になると、両親の間に言い争いが増えていった。やがてふたりはまったく口を利かなくなった。

ある日、杏介が学校から帰ってくると、両親は蒼《あお》ざめた顔で向かい合っていた。父は拳《こぶし》を震《ふる》わせ、母は泣いていた。床《ゆか》には割《わ》れたチョコレートが無惨《むざん》に散らばって……。

その日のうちに父は出ていった。「俺《おれ》と一緒《いっしょ》に行くか？」と父は声をかけてきたが、杏介が黙っていると、ひとり去っていった。

まだ幸せだったころに、両親から出会ったときのことをノロケ話のように聞かされていたし、独身時代のデートの写真や結婚式《けっこんしき》の写真なども見せられていた。

「所詮《しょせん》、行き着く先は床に散らばったチョコレートなんだ」

杏介は恋愛《れんあい》もチョコレートも大嫌《だいきら》いになった。

なのに、なぜ樋野岬《ひのみさき》という少女に心を奪《うば》われてしまったのだろう。自分は部長なのに。

あの日は何かがおかしかった。廊下《ろうか》で割れチョコの袋《ふくろ》を拾い、偶然《ぐうぜん》《チョコレート・ダモーレ》の楽譜《がくふ》を見つけ、そこに岬が現れて……。

「あぁ、また止まってるじゃないか！」

杏介は我《われ》に返ると、自分を叱《しか》りつけた。みんなが帰ったあとの音楽室で居残り練習をしていたのに、岬のことを考えると楽器を操《あやつ》る指が止まってしまう。音が消えてしまう。

その日も岬はいちばん先に帰っていった。

「絶対パパ活だよ」

璃子《りこ》の言葉が頭によみがえってくる。何も根拠《こんきょ》がない、ただの憶測《おくそく》。なのに、頭から離《はな》れない。金色に輝《かがや》くサックスの管体に、杏介自身の歪《ゆが》んだ顔が映《うつ》っていた。

この前の璃子とのいざこざがあってから、部内の雰囲気《ふんいき》は微妙《びみょう》なものになってしまった。

杏介は人の譜面台を倒してしまったり、演奏中《えんそうちゅう》にミスが増えたり、岸辺《きしべ》先生の話を聞いていなくて叱《しか》られたりと失態が続き、部長として責任を感じた。

「杏介《ようすけ》、大丈夫《だいじょうぶ》か？」

剛《つよし》が心配そうに声をかけてきてくれた。

「うん、ありがとう」と杏介は言ってから、こう付け加えた。「剛、ごめんな……」

剛は何も答えなかった。


「先生、私はトップ以外がやりたいです。３ｒｄ《サード》でも４ｔｈ《フォース》でもいいです」

部内オーディションの日、手を挙げてそう言ったのは岬《みさき》だった。

みんなが驚《おどろ》いた顔をして岬を見つめた。１ｓｔ《ファースト》トップ奏者《そうしゃ》は誰もが憧《あこが》れるポジション。

実力が充分《じゅうぶん》あるのに、オーディションも受けずにチャンスを放棄《ほうき》するのは異例《いれい》だ。

「岬、誰《だれ》かに気をつかって遠慮《えんりょ》してるなら、その必要はないぞ。本当にいいのか？」

岸辺《きしべ》先生は確認《かくにん》したが、岬は「はい、大丈夫《だいじょうぶ》です」ときっぱり答えた。

オーディションの結果、トップ奏者には璃子《りこ》が選ばれた。岬は２ｎｄ《セカンド》になった。

コンクールの自由曲は高難度《こうなんど》の曲だった。部員たちはそれぞれが楽譜《がくふ》と格闘《かくとう》した。杏介が担当するアルトサックスも難しかったが、誰よりも厳《きび》しい状況《じょうきょう》に置かれたのは璃子だった。

岸辺先生の指揮《しき》で合奏練習をすると、璃子は何度も音を外し、早いパッセージの途中《とちゅう》で吹《ふ》けなくなることもあった。一方、トランペットパート全員が揃《そろ》って華々《はなばな》しく音を響《ひび》かせる部分になると、その中からひときわ伸《の》びやかな音が聞こえてくる。岬の音だった。

「岬、いい音なんだけど、ちょっと抑《おさ》えてくれるか？」と岸辺先生は苦笑して言った。

「本気で全国大会をめざすなら、樋野《ひの》さんをトップにしたほうがいいんじゃないか」

次第に、部員の間ではそんな声も囁《ささや》かれるようになっていった。

ある日の合奏中、璃子が思い切り音を外した。先生が指揮を止めると、璃子がガタンと音を立てて立ち上がった。

「私にはできません！　トップは樋野さんにやってもらってください！」

璃子の叫《さけ》びに、音楽室が静まり返った。

「松崎《まつざき》さん、そんなのできな……」

そう言いかけた岬《みさき》の言葉を、「あんたがやりなさいよ！」という璃子《りこ》の金切り声がさえぎった。

岸辺《きしべ》先生は黙っていた。杏介《ようすけ》は立ち上がった。部長として何か言わなければいけない。でも、何も言葉が出てこない。いつもそうだ。大事なときに何も言えなくなる。

「みんな、私よりあんたのほうがうまいって思ってるの、わかってんのよ。途中《とちゅう》から入ってきたくせにみんなに信頼《しんらい》されて、楽器がうまくて、見た目がよくて、男の子にも好かれて。何でも持ってるじゃない。トップ奏者の役割《やくわり》も手に入れなさいよ。あんたに合ってるから」

璃子《りこ》は声を震《ふる》わせた。

「ごめんね。私にはトップなんてできない。私はただ、みんなで一緒《いっしょ》に音楽がしたいだけ。楽器を吹《ふ》けるこの場所を失いたくないだけ」

岬《みさき》が小さな声で言った。

その言葉は杏介の心に引っかかったが、璃子の啜《すす》り泣く声で思考が中断された。中学時代から一緒に吹奏楽《すいそうがく》をやってきたが、そんなふうに璃子が泣くのを見るのは初めてだった。

「ずるいよ。私にはトランペットしかないのに……！」

そう言い残すと、璃子は音楽室を出ていった。と、杏介は岬と目が合った。大きな瞳《ひとみ》が

「追いかけて」と言っているように見えた。杏介は慌《あわ》てて楽器を置き、音楽室を出た。

璃子は立入禁止のロープが張られた、屋上へつながる階段《かいだん》の上で体を丸め、泣いていた。

「来ないで。杏介も、岬がトップを吹けばいいって思ってるでしょ。愛《いと》しい岬ちゃんがさ」

璃子は杏介に背中《せなか》を向けたまま言った。

「いきなり投げ出したりするなよ。璃子ならできる。ずっと一緒に頑張《がんば》ってきただろ？」

「だからだよ！」と璃子は声を荒らげた。「ずっと頑張ってきたのに……。恋愛《れんあい》禁止とか意味わかんない部則を守ってきたのだって、杏介と一緒に全国大会行きたかったからだよ。なのに、なんで目ん玉ハートにしてあの子に夢中になっちゃってるの？」

杏介は何も言えなかった。

「最低の鈍感野郎《どんかんやろう》。あっちいけ」

まるで幼《おさな》い子どものように璃子は言った。

放課後、まだ誰《だれ》も部員が来ていない音楽室で、杏介《ようすけ》はアルトサックスを構えた。キーの上に指先を置き、そっとマウスピースを口に含《ふく》むと、大きく息を吸い込《こ》んで楽器に吹《ふ》き込んだ。ベルから甘《あま》い旋律《せんりつ》が流れ出す。《チョコレート・ダモーレ》だ。頭の中ではツットットッ、ツットットッ……と3拍子《びょうし》のテンポが刻《きざ》まれている。あぁ、なんていい曲なんだろう。

17小節目からはコルネットのメロディだ。杏介がそこも続けて吹こうとすると、不意に背後からトランペットが響《ひび》きはじめた。

杏介が驚《おどろ》いて振《ふ》り返ると、トランペットを構えた岬《みさき》が立っていた。岬は続くメロディを奏《かな》でていった。初めて会った日の光景がよみがえってくる。あの日から、俺《おれ》は——。

岬は15小節のメロディを吹き終えると、楽器を下ろした。

「邪魔《じゃま》しちゃってごめんなさい。前に一緒《いっしょ》に吹いた《チョコレート・ダモーレ》だよね」

「楽譜《がくふ》、覚えてたのか？」

「暗譜するの得意なんだ。数少ない私の特技」と言い、岬は舌先《したさき》をちょろっと出した。

すると、そこへ岸辺《きしべ》先生が「お、ふたりとも早いな」と言いながら入ってきた。

「ちょうどいいから言っておくよ。コンクール、トランペットのトップは、やっぱり松崎璃《まつざきり》子《こ》でいくからな。港高《みなこう》のトップを張れるのはあいつしかいない」

「はい」と杏介は姿勢《しせい》を正して答えた。

「岬は、松崎を最高に輝《かがや》かせてやってほしい。実はな、本当に難《むずか》しいのはトップよりそれを支える2nd《セカンド》なんだ。だから、技術のあるやつじゃないと任せられない。頼《たの》んだぞ、岬」

「はい」と今度は岬が気をつけの姿勢になった。「私、人を支えるのは得意なつもりです」

「だよな」と先生は優《やさ》しく微笑《ほほえ》んだ。

「あれ、もしかして……先生と樋野《ひの》は知り合いだったんですか?」と杏介は驚いて言った。

「岬の母ちゃんとはな、大学時代に一緒にオーケストラ《オケ》やってたのさ。コンサート用のロングスカートがめちゃくちゃ似合う美人フルート奏者でな……」

「先生にはお世話になってて。この制服も、先生経由で卒業生から譲《ゆず》ってもらったの」

「そうなんだ」

岬がわざと話題を変えたように感じ、杏介の胸《むね》がつきんと疼《うず》いた。

「私、1年しかこの学校にいないから、新しいのを買うのももったいないしね」

岬《みさき》のことをもっと知りたい。どうして君はこの学校に転校してきたんだ？　どうしていつもひとりでどこかへ消えたり、足早に帰っていったりするんだ？　どうして——こんなに俺《おれ》の胸を苦しくさせるんだ？

だが、杏介《ようすけ》の願いとは裏腹《うらはら》に、部員たちがやってきて、3人の会話は終わってしまった。

俺は最低だ、と杏介は思った。

その日の部活の終了後に岬が帰っていくと、杏介は「家の用事があるから」と後を剛《つよし》に任せ、急いで校舎を出た。岸辺先生は学校を休んだ璃子の様子を見にいき、不在だった。

日が落ちて薄暗《うすぐら》い西門を出ると、下校する生徒たちに紛《まぎ》れるように、歩道を歩き始めた。

ずっと先のほうに岬の華奢《きゃしゃ》な後ろ姿《すがた》が見える。もしも岬が振り返ったら……と思うと、心臓《しんぞう》が激《はげ》しく高鳴った。だが、岬はまっすぐ前を向いて歩き続けた。

こっそり尾行《びこう》するなんて、どうかしている。わかってはいたが、杏介は自分を止められなかった。もし、万が一にも本当に岬がパパ活をしていたら……。その現場を目撃《もくげき》してしまったら、自分がどうなってしまうのかわからない。

それでも、俺は岬のことが知りたい――。

前方にいる岬は、通り過ぎる車のライトに照らされながら歩道を歩き続けた。その足取りは一定のテンポを刻《きざ》んでいた。

（アンダンテだ。そう言えば、《チョコレート・ダモーレ》はアンダンテ・モッソだったな）

杏介は前方にいる岬と足並《あしな》みを揃《そろ》え、自分もアンダンテで歩いた。岬と一緒《いっしょ》に吹《ふ》いたあのメロディが頭の中で何度もリフレインした。

そのまま駅へ向かうのかと思ったが、岬は昔からあるアーケード街へと入っていった。魚屋、八百屋、はんこ屋など古びた店が並んでいたが、意外にも活気があった。

すると、岬はある店の前で立ち止まった。洋菓子《ようがし》製造会社の直売所らしい。店先では特売品が売られている。岬は迷いもせずにビニール袋《ぶくろ》をいくつも手に持ち、レジへ持っていった。

（あっ、あれはあのときの……！）

岬《みさき》と初めて出会った日、廊下《ろうか》で拾ったビニール袋《ぶくろ》。形がふぞろいだったり、欠けたりして商品にならず、まとめて安い値段《ねだん》で売られるワケアリ特価の割《わ》れチョコ。あの袋は岬が落としたものだったのだ。

岬は会計を済《す》ませると、リュックから保冷バッグを取り出し、大切そうにしまった。

岬はまた歩きはじめた。駅前を素通りし、しばらく国道沿《ぞ》いを進んでいく。途中《とちゅう》の信号を曲がり、静かな路地へと入っていった。人通りもほとんどなく、車もたまにしか通らない。

杏介《ようすけ》は尾行に慣れ、胸《むね》の高鳴りも治《おさま》っていた。

と、岬は公園に入っていった。ブランコと鉄棒《てつぼう》があるだけの小さな公園だ。

岬はベンチに腰《こし》を下ろした。杏介は植え込《こ》みに隠《かく》れてその様子を盗《ぬす》み見た。

岬はリュックから保冷バッグを出し、ビニール袋を1つ取り出すと、細い指先でビニールを乱暴《らんぼう》に引き裂《さ》いた。不揃《ふぞろ》いな形の割れチョコがむき出しになる。岬は一度に2、3個をつかみ、口に押《お》し込《こ》んだ。頬《ほお》が膨《ふく》らみ、顎《あご》が大きく動く。

杏介はあまりの衝撃《しょうげき》に言葉を失った。岬はチョコレートを次々つかんでは口に入れ、咀《そ》嚼《しゃく》し、飲み込んでいった。ボリボリという音が暗闇《くらやみ》の中に空恐《そらおそ》ろしく響《ひび》いた。

あれは本当に岬だろうか？　自分が気づかないうちに別の得体の知れない何かと入れ替《か》わっていたのではないか？　それとも——あれこそが本当の岬なのだろうか……。

割れチョコをどの程度食べたのかわからないが、岬は袋を保冷バッグにしまい、べとつく手と口元をタオルで拭《ぬぐ》って立ち上がった。

公園を出て、再び路地を歩きはじめた岬を、杏介は動揺《どうよう》しながら追いかけた。

学校を出てから20分以上歩いただろうか。岬はゆるい上り坂を進むと、道沿いにあったスチール製の門を開け、奥《おく》の建物へと消えていった。角ばった白い建物は、杏介の目には学校の校舎に見えた。門のところには「〇〇学園」と書かれているが、暗くてよく見えない。

近づこうとしたとき、エンジンの音が近づいてきた。眩《まぶ》しい車のヘッドライトに照らし出され、杏介は目を細めた。車は杏介の横で止まった。

「まぁ乗りなよ、ストーカー君」

窓《まど》から顔を出したのは、岸辺《きしべ》先生だった。

階段《かいだん》の立入禁止のロープを跨《また》ぐと、思ったとおり甘《あま》い匂《にお》いが漂《ただよ》ってきた。かすかにボリボリと咀嚼音《そしゃくおん》も聞こえてくる。

杏介《ようすけ》が階段を上がっていくと、そこには座《すわ》り込《こ》んで割《わ》れチョコを貪《むさぼ》っている岬《みさき》がいた。手と口にチョコが付着しているのも構わず、岬は近づいてきた杏介を見上げながら咀嚼を続けた。その目には何の感情も浮《う》かんでいなかった。

岬はビニール袋《ぶくろ》の中の割れチョコをすべて食べ尽《つ》くした。タオルで手と口元を拭《ぬぐ》い、「楽器を吹《ふ》くまえには、ちゃんと歯磨《はみが》きしますよぉ」とひとり言のように言った。

部活の途中《とちゅう》にしばらくいなくなるとき、いつも岬はここに来ていたのだろう。

杏介が突っ立っていると、岬は立ち上がり、大きな目で正面から見つめてきた。

「どうするの？　前に問題になった部内カップルみたいに私に謝罪させる？」

「そんなことはしない」

「そうだよね。帰り道にコソコソ尾行《つけ》てきて、隠《かく》したいと思ってる姿《すがた》を覗《のぞ》き見るような人には、私を責めたり謝らせたりする資格なんてないよね」

自分が好きだった岬とはまるで別人のようだった。杏介は歯を食いしばり、感情を抑《おさ》えた。

昨日、車の中で岸辺《きしべ》先生に教えられたことを杏介は思い出した。

岬の母親の波子《なみこ》は美しい人で、オーケストラの男子奏者《そうしゃ》の憧《あこが》れの的だった、と岸辺先生は言った。ところが、波子が交際相手に選んだのは変わり者の芸術家。みんなの反対を押《お》し切って交際を続け、卒業後すぐに結婚《けっこん》した。そのとき波子は岬を身ごもっていたのだ。

「波子ちゃん、大変だったと思うよ。旦那《だんな》はろくな稼《かせ》ぎもないのに、酒に溺《おぼ》れ、わけのわからない作品を作りつづけている。自分は生まれたばかりの赤ん坊《ぼう》を抱《かか》え、働くこともできない。でも、きっとあの男が本当に好きだったんだろうな。理屈《りくつ》じゃないから、そのあたりは」

岸辺先生は運転しながら頭を掻《か》いた。

まだ岬が物心つかないうちに、その男は自ら命を絶った。アルコールの影響《えいきょう》だという噂《うわさ》だったが、芸術家だけに繊細《せんさい》な人間だったのかもしれない。

波子は心を病んだ。カウンセリングや投薬治療《ちりょう》を受けながらも、自分と岬のために必死に働いた。当時勤《つと》めていたのは洋菓子《ようがし》チェーンの工場。売り物にならない割《わ》れチョコやケーキの切れっ端《ぱし》が従業員《じゅうぎょういん》向けに安く売られていた。波子《なみこ》は自宅で待つ岬《みさき》によくそれを与えていた。

幼《おさな》い岬は割れチョコを食べ、ひもじさや寂《さび》しさをこらえた。そして毎日、心を病んだ母が疲弊《ひへい》して帰ってくるのを暗い部屋でひとり待ちつづけた。

波子の心はその後もじわじわと時間をかけて蝕《むしば》まれていった。やがて幻覚《げんかく》を見たり、岬を自分の娘だと認識《にんしき》できなくなったり、暴力を振るったりするようになった。仕事もできず、助けてくれる親族もいない母娘は完全に行き詰《づ》まった。

一年ほどまえ、岸辺《きしべ》先生は大学時代の友人や教員のつながりを通じて樋野家《ひのけ》の窮状《きゅうじょう》を知った。そして、波子に会って入院を勧《すす》め、岬には養護施設《ようごしせつ》への入所や転校の世話をした。

「あの子にとって、救いになるのはチョコレートと音楽しかないんだ。松崎《まつざき》が言ったみたいに岬は何でも持ってるわけじゃない。むしろ、逆なんだよ」

私はただ、みんなで一緒に音楽がしたいだけ。楽器を吹《ふ》けるこの場所を失いたくないだけ。杏介《ようすけ》は、ようやく岬が言っていた言葉の意味がわかった気がした。そして、こうも思った。

先生は岬の母親のことをずっと好きだったのかもしれない――。

岬は、正面から冷めた目で杏介を見ていた。

「私からチョコレートと音楽を奪《うば》ったりしないでね」

そう言い残すと、岬は杏介を押《お》しのけるようにして階段《かいだん》を下りていった。

華奢《きゃしゃ》な背中《せなか》が遠ざかっていく。またしても、自分は黙《だま》り込《こ》んだまま、目の前から立ち去っていく人を止めることができないのか――。甘《あま》い匂《にお》いが虚《むな》しく杏介のまわりを漂《ただよ》っていた。


洋風の外観はほぼでき上がっていた。だが、まだ店の中は薄暗《うすぐら》く、看板《かんばん》も出ていない。

入り口のドアの鍵《かぎ》を開けて外に出てきた入江《いりえ》研吾《けんご》は、大きく伸《の》びをしたあと、制服姿《すがた》の少年が自分を見つめていることに気づいた。

「もしかして、杏介か?」

杏介はうなずいた。

「ちょっと見ないうちに大きくなったなぁ！　なんでここがわかったんだ？」

「母さんに開店の案内送ってきてただろ」

「あぁ、そうか。フランスから帰国して、居場所くらいは知らせておこうと思ってな。オープンして落ち着いたら、杏介《ようすけ》にも会いに行こうと思ってたんだよ。ほら、入れ！」

口ひげをたくわえた研吾《けんご》は目を細めながら杏介を店の中に迎《むか》え入れた。

空のショーケースの向こうで何か書きものをしていた女性が顔を上げた。

「タマちゃん。これ、俺《おれ》の息子の杏介」

「えっ、ケンさんの息子さん!?」

タマちゃんと呼ばれた女性は丸っこい童顔に驚《おどろ》きの表情を浮《う》かべると、小さく頭を下げた。

年齢《ねんれい》は20代前半くらいに見えた。

「ここで働いてくれるタマちゃん。こう見えてショコラティエとしての腕《うで》は確かなんだぞ」

「こう見えてって何ですか！」

タマちゃんが抗議《こうぎ》すると、研吾は笑った。

「はじめまして。水野珠世《みずのたまよ》です」

「どうも。里見杏介《さとみ》です」

わざとフルネームを言った。タマちゃんのまぶたがかすかに震《ふる》えた。研吾とは名字が違《ちが》う。

以前は杏介も入江だったのに。

「似てますね、ケンさんに」と動揺《どうよう》を隠《かく》すようにタマちゃんは言った。

研吾は「杏介、似てるってよ」と笑ったが、杏介は黙《だま》っていた。

店内は暗いが、奥《おく》の喫茶《きっさ》スペースには明かりがついていた。杏介はテーブルを挟《はさ》んで研吾と向かい合った。タマちゃんがコーヒーを運んできてくれた。

顔を合わせるのは、研吾が家を出ていって以来、6年ぶりだ。研吾は、離婚後《りこんご》すぐにフランスへ渡《わた》り、去年まで現地のいくつかのショコラトリーで修業をしていたのだと杏介に語った。タマちゃんともフランスで知り合ったという。

杏介が知っている父は口ひげなど生やしていなかった。記憶《きおく》より老けたようにも見えるし、貫禄《かんろく》が増したようにも見える。

自分の父はこんな顔だったのか。

「さっきの人……彼女？」

杏介《ようすけ》が聞くと、研吾《けんご》は「わかるか？」と照れ笑いした。きっと年齢的《ねんれいてき》には杏介のほうがずっと近いはずだ。店でひとり働く母の姿《すがた》を思い出し、研吾《けんご》の表情に苛立《いらだ》ちを覚えた。

そのとき、柔《やわ》らかな香りが鼻先をくすぐった。

「見てみるか」

研吾は杏介《ようすけ》の返事を待たずに立ち上がり、厨房《ちゅうぼう》へ入っていく。杏介もあとに続いた。

奥《おく》では、タマちゃんが広い台の上に、ドロドロに溶《と》けたチョコレートをボウルから注いでいた。片手《かたて》にはパレットナイフ、片手にはヘラを持ち、チョコレートを台の上に長方形に広げていく。表情は引き締《し》まり、プロのショコラティエの顔になっていた。

「ちょっと貸して」

研吾はそう言うとタマちゃんからパレットナイフとヘラを受け取った。いつの間にか研吾も真剣《しんけん》な顔になっていた。巧《たく》みな手付きで二つの器具を操《あやつ》り、広がったチョコを一か所に集めていく。集まると、またそれを広げる。

「こうやって全体を均等な温度にしていくんだ。やってみろ」

研吾に言われ、おずおずと器具を受け取った。見様見真似でチョコを集めようとしたが、きれいに集まらない。そればかりか、台からこぼれ落ちそうになってしまった。

「パレットナイフはこういう角度で、こう返しながらやってみて」

横からタマちゃんが教えてくれた。チョコレートから甘《あま》い匂《にお》いが立ち昇《のぼ》ってくる。

「そうそう、上手！　杏介君は飲み込《こ》み早いね！」とタマちゃんが手を叩《たた》いた。

「全然できてないですよ……」と杏介は言った。

「あ、その言い方、ケンさんそっくり。ケンさんもよく言うの。『全然できてない』って」

タマちゃんが口真似をすると、「俺《おれ》、そんな言い方してっか？」と研吾は肩《かた》をすくめた。

その後は研吾が引き受け、チョコレートを型に流し込んで冷蔵庫《れいぞうこ》に入れた。

研吾と杏介は店の裏《うら》に出た。研吾はタバコを咥《くわ》え、火をつけた。

「あのさ、なんで母さんと別れたの？」

杏介が尋《たず》ねると、研吾はバツの悪そうな顔をし、白い煙《けむり》を吐《は》き出した。

「そいつを話すのは難《むずか》しい。親子といえどもな」

それは母にも聞いたことがない質問だった。

「わざわざそれを聞くために俺に会いにきたのか？　さては、何かあったな？」

「何もないよ」と杏介は嘘《うそ》をついた。

「一般論《いっぱんろん》だがな――」と研吾《けんご》は前置きした。「人を好きになるのには理由もなけりゃ、理屈《りくつ》もない。外見、性格、年齢《ねんれい》、収入《しゅうにゅう》、社会的地位……そんなのはすべて後付けに過ぎない」

研吾はタバコを携帯灰皿《けいたいはいざら》の中で揉《も》み消した。

「その一方で、人を嫌《きら》いになるのには理由がある。レシピに書かれた材料みたいにいくつもの理由が集まって、別れという菓子《パティスリー》ができあがっちまう。それは悲しい菓子だよ。俺はあの日、店の床《ゆか》にチョコレートをぶちまけたことも、一緒《いっしょ》に行くかと聞いたときの、ギュッと口を横に結んだお前の顔も忘《わす》れられない。だから、自分を叩《たた》き直しに日本を出たんだ」

すると、「できましたよ」とタマちゃんがにこにこしながら店から出てきた。手には薄《うす》いペーパーに包まれたタブレットショコラを持っている。さっき冷蔵庫に入れたものだ。タマちゃんはパキッと音を立ててそれを3つに分割《ぶんかつ》した。

「斜《なな》めになっちゃったけど、だいたい同じくらいだから、いっか」

そう言いながら、杏介《ようすけ》と研吾に一片《いっぺん》ずつ手渡《てわた》した。杏介はそっと口に含《ふく》んだ。

「どう？」とタマちゃんが目を見開く。

「美味《おい》しいです」と杏介は正直に答えた。

「でしょ！　そりゃそうよ、ケンさんは天才ショコラティエだもの」

杏介はもうひとかけら口に含んだ。ひんやりした硬《かた》い板が、口の中でとろけていく。あんなに嫌《きら》っていたチョコレートなのに。

研吾とタマちゃんは微笑《ほほえ》み合っていた。こうして見ると、年は離《はな》れているが、お似合いだ。

そうか――。杏介の中にある思いがひらめいた。


その日は日曜で、コンクールに向けて朝から練習が行われることになっていた。

杏介が集合時間より早く学校へ行ってみると、あの階段《かいだん》の上に岬《みさき》が座《すわ》り込んでいた。岬は破いたばかりのビニール袋《ぶくろ》から割《わ》れチョコをつまみ出そうとしていた。

「楽器を持って音楽室に来てくれないか」

杏介は無言で見上げている岬にそう言うと、返事を待たずに階段を下りた。

岬《みさき》は少しためらってからビニール袋を保冷バッグに戻《もど》した。トランペットを準備して音楽室へ行くと、アルトサックスを持った杳介《ようすけ》が立っていた。譜面台《ふめんだい》が2つ用意され、すでに楽譜が載っている。曲名は《チョコレート・ダモーレ》――。

「一緒《いっしょ》に吹《ふ》いてほしい」

杳介はそう言ったが、岬《みさき》は無言だった。

「この65小節目から71小節目までのピアノの間奏《かんそう》部分はカットしよう」

杳介は楽器を構えると、演奏を始めた。

ミファソ、ミミレ、レーミドー……。

4分の3拍子《びょうし》。アンダンテ・モッソ。楽器に温《あたた》かな息を吹き込《こ》みながら、メゾフォルテで美しいメロディを奏《かな》でていく。岬はトランペットを手にしたまま、下を向いていた。

アルトサックスのメロディは16小節目で終わり、17小節からはトランペットが引き継《つ》ぐ。

杳介が最後の音を吹き終えると、音楽室に静寂《せいじゃく》が訪《おとず》れた。杳介はまっすぐに岬を見つめ、じっと待った。

窓《まど》の外から運動部の掛《か》け声や鳥の声が聞こえてきた。黒板の上の時計の秒針《びょうしん》は律儀《りちぎ》に回転を続けている。朝の日差しが音楽室の中にまで届きはじめていた。壁《かべ》に張られた大作曲家たちの肖像画《しょうぞうが》が静かにふたりの様子を見守っていた。

もう岬の中にはレシピの材料がすべて集まってしまっているのかもしれない、と杏介は思った。だとしたら、6年前の父のように自分も立ち去るしかないのかもしれない。

杏介は譜面台に手を伸ばし、楽譜を片付《かたづ》けようとした。

そのとき、トランペットの音が響《ひび》きはじめた。17小節目からのメロディだ。岬が楽器を吹いていた。その表情は冴《さ》えず、音はそっけない。けれど、音楽は止まることなく流れていった。

32小節目からはサックスとトランペットの二重奏《にじゅうそう》になる。杏介がメゾフォルテでメロディを奏でると、それに寄り添《そ》うように岬のトランペットが続く。途中《とちゅう》からは逆にトランペットがメロディを取り、サックスが対旋律《たいせんりつ》になる。

ふたつの楽器の音は語り合い、手を取って踊《おど》り、そして、混ざり合った。ふたりの間にあった亀裂《きれつ》に音楽が流れ込む。まるで、台の上に広がるチョコレートのように。甘《あま》い味と匂《にお》いが、杏介と研吾《けんご》、タマちゃんの間を埋《う》めたように。

杏介《ようすけ》は楽器を奏でながら岬を見つめ、感じた。大きな目、真っ白な頰《ほお》や額《ひたい》、さらさらした黒髪《くろかみ》、マウスピースに押《お》し付けられた桜色の唇《くちびる》、息継《ブレス》ぎのたびに上下する胸《むね》とその奥《おく》で燃えている心臓《しんぞう》、楽器から響《ひび》き出す繊細《せんさい》な音色……。

いや、そんなものを数え上げても意味はないんだ。理由も理屈《りくつ》もなく、俺《おれ》は——。

最後に、トランペットが小さな音を長く長く延《の》ばし、《チョコレート・ダモーレ》は終わった。

岬は楽器を唇から離《はな》すと、ふっと息をついた。

「気がついたら、真剣《しんけん》に吹《ふ》いちゃってた」

岬はそう言うと、微笑《ほほえ》んだ。初めて出会ったときのように。

「俺はこれからも岬と一緒《いっしょ》に演奏《えんそう》したい」

杏介は岬を見つめ、言った。そうだ、もう大好きな人を黙《だま》り込んだまま見送ることはしない——。

「私もね、初めて一緒に演奏したときから、ずっとこのままこの人と吹いていたいな、いつまでも曲が終わらないといいなって思ってたの」

岬の大きな目が溶《と》けていくかと思うと、透《す》き通った涙《なみだ》がこぼれ落ちた。

「私、何も持っていない空っぽな人間なの。いままでもそうだったし、これからもそうなんだって諦《あきら》めてた。だけど、今は自分の中が満たされてるのを感じる。まるでチョコレートをお腹《なか》いっぱい食べたみたい」

岬の言葉に、杏介は小さく笑った。

「俺《おれ》は樋野《ひの》のことを何もわかってなかった。でも——」

杏介の言葉を、岬が手のひらを上げて制した。

「私だってそう。杏介君のことを何もわかってなかった。でも今、一緒に演奏しながら杏介君の全部を感じた気がしたの。ひとつひとつの細かいことじゃなくて、杏介君の全部を、まるごといっぺんに」

杏介がうなずくと、岬は恥《は》ずかしそうに笑った。

「ねえ、私たち、ふたつも部則を破っちゃったね」

「ふたつ？」

「私、調べたんだ。《チョコレート・ダモーレ》って『愛のチョコレート』って意味なんだって。私たち、演奏でチョコレートを食べちゃったの。愛でできたチョコレートを——」


それから2か月後、港《みなと》高校吹奏楽部のメンバーは音楽ホールの薄暗《うすぐら》い舞台袖《ぶたいそで》で待機していた。反響板《はんきょうばん》の向こう側にはステージがあり、前の高校の演奏が聞こえてくる。

吹奏楽コンクール東関東大会。ここで金賞を受賞し、代表に選ばれれば、夢に見た全国大会に出場できる。緊張《きんちょう》で震《ふる》えている部員もいたが、杏介《ようすけ》は晴れやかな気持ちだった。

璃子《りこ》は落ち着かないのか、しきりと指でトランペットのピストンを動かしていた。

「璃子、頼《たの》んだぞ」と杏介が声をかけた。

「なにすっきりした顔してんのよ。ちょっとは緊張しろよ」

璃子はにらみながら杏介の頬《ほお》をつねった。

「私、死んでもソロで音外さないから。私のソロでみんなを全国大会に連れてく。それに……岬《みさき》が2nd《セカンド》で支えてくれてるからね！　だから、岬は杏介が支えてあげるんだよ」

杏介は黙《だま》ってうなずいた。

岬と一緒に《チョコレート・ダモーレ》を吹いた日、杏介はミーティングを開き、みんなの前で剛《つよし》と陽奈《ひな》に謝罪した。そして、恋愛《れんあい》禁止など厳《きび》しすぎる部則を見直したいと提案した。

「それは杏介が樋野《ひの》に恋しちゃったからだろ?」

剛が笑いながら言うと、みんながヒューヒューと冷やかした。

「そうじゃないんだ。今までは全国大会をめざすことばかりにこだわって、厳《きび》しい部則で自分たちを縛《しば》り、ときにはお互《たが》いを責めてきた。でも、もっと信頼《しんらい》し合いたい。俺《おれ》はみんなと音楽するのが大好きだ。部則は、そのために本当に必要なことだけにしたいんだ」

みんなは頷《うなず》き、その後の話し合いで恋愛《れんあい》禁止を含《ふく》めた多くのルールが撤廃《てっぱい》となった。

だからといって、杏介と岬は付き合いはしなかった。そういう形をとらなくても、いつもふたりの間には音楽があった。音を通じてお互《たが》いを感じ、語り合い、寄り添《そ》い合うことができた。岬が割《わ》れチョコを貪《むさぼ》ることもなくなった——。

前の高校の演奏が終わった。反響板が動き、ステージに続く道ができる。

「さぁ、行こうか」

指揮棒《しきぼう》を手にした岸辺《きしべ》先生が言い、港高吹部《みなこうすいぶ》の部員たちは暗がりからステージへと歩みだしていった。杏介《ようすけ》がアルトサックスの席に座《すわ》り、振り返ると、ひな壇《だん》の上にいる岬《みさき》と目が合った。どこかからかすかに《チョコレート・ダモーレ》の旋律《せんりつ》が聞こえてきた。

杏介の胸《むね》に温《あたた》かな感情が溶《と》け出してくる。あのときみたいに、この思いを音に乗せよう。

俺《おれ》も、岬も、璃子《りこ》やみんなも、父や母やタマちゃんも、岬の母や岸辺先生も、それぞれに事情や悲しみを抱《かか》えている。言葉や態度では理解し合えないこともある。でも、だからこそ、音楽で、みんなの隙間《すきま》を満たそう。すべての人がチョコレートになり、溶《と》け合っていく——

そんな音楽を奏《かな》でよう。

指揮台に上がった岸辺先生を見つめ、杏介はアルトサックスを構えた。

ITSUKO SATO

佐藤いつ子
（さとう・いつこ）

横浜市在住。青山学院大学文学部卒業。IT企業勤務後、創作活動開始。主な作品に『駅伝ランナー』（全３巻）『キャプテンマークと銭湯と』『ソノリティ はじまりのうた』『透明なルール』（以上、KADOKAWA）、『変身－消えた少女と昆虫標本－』（文研出版）などがある。『キャプテンマークと銭湯と』『ソノリティはじまりのうた』はJapanese Children's Books（JBBY選 海外にも紹介したい子どもの本）に選定。

RIKKA TAKASUGI

高杉六花
（たかすぎ・りっか）

北海道恵庭市在住。こども発達学修士。第7回角川つばさ文庫小説賞金賞受賞作「君のとなりで。」シリーズ（全９巻・角川つばさ文庫）、「ひなたとひかり」シリーズ（講談社青い鳥文庫）、「ないしょの未来日記」シリーズ（ポプラキミノベル）、「消えたい私は、きみと出会えて」シリーズ（集英社みらい文庫）、「溺愛チャレンジ！」（スターツ出版野いちごジュニア文庫）ほか、著書多数。

MIO NUKAGA

額賀 澪

（ぬかが・みお）

1990年茨城県生まれ。日本大学芸術学部卒。2015年に『屋上のウインドノーツ』で松本清張賞を、『ヒトリコ』で小学館文庫小説賞を受賞しデビュー。『タスキメシ』（小学館）が第62回青少年読書感想文全国コンクール課題図書に。「転職の魔王様」シリーズ（PHP研究所）が2023年にテレビドラマ化。そのほか『さよならクリームソーダ』『風に恋う』（共に文藝春秋）、『沖晴くんの涙を殺して』（双葉社）、『ラベンダーとソプラノ』（岩崎書店）などがある。

BUCHO OZAWA

オザワ部長

（おざわぶちょう）

神奈川県横須賀市出身。早稲田大学第一文学部文芸専修卒。著書に『美爆音！ぼくらの青春シンフォニー 習志野高校吹奏楽部の仲間たち』『とびたて！みんなのドラゴン 難病ALSの先生と日明小合唱部の冒険』（共に岩崎書店）、『いちゅんどー！西原高校マーチングバンド～沖縄の高校がマーチング世界一になった話～』（新紀元社）、『空とラッパと小倉トースト』（Gakken）、『吹奏楽部バンザイ!! コロナに負けない』（ポプラ社）など多数。主なメディア出演にフジテレビ「この世界は１ダフル」、NHK Eテレ「沼にハマってきいてみた」ほか。

RIE NAKAJIMA

絵

中島梨絵

（なかじま・りえ）

イラストレーター。滋賀県生まれ。京都精華大学芸術学部卒業。文芸や児童書など書籍装画、教科書の挿絵・表紙、絵本を中心に活動中。絵本に『12星座とギリシャ神話の絵本』（沼田茂美、脇屋奈々代・作／あすなろ書房）、『こわいおはなし　あかいさんりんしゃ』（犬飼由美恵・文／成美堂出版）、『サーカスが燃えた』（佐々木譲・文／角川春樹事務所）、装画に「まんぷく旅籠朝日屋」シリーズ（高田在子・著／中央公論新社）など多数。

AYA GODA

監修

合田 文

（ごうだ・あや）

株式会社TIEWAの設立者として「ジェンダー平等の実現」など社会課題をテーマとした事業を行う。広告制作からワークショップまで、クリエイティブの力で社会課題と企業課題の交差点になるようなコンサルティングを行う傍ら、ジェンダーやダイバーシティについてマンガでわかるメディア「パレットーク」編集長を務める。2020年にForbes 30 UNDER 30 JAPAN、2021年にForbes 30 UNDER 30 ASIA 選出。

Sweet & Bitter
甘いだけじゃない４つの恋のストーリー
恋に正解ってある？

2024年11月30日　第一刷発行

著　佐藤いつ子　高杉六花　額賀 澪　オザワ部長
監修　合田 文

絵　中島梨絵
装丁　原条令子デザイン室

発行者　小松崎敬子
発行所　株式会社 岩崎書店
〒112-0014 東京都文京区関口2-3-3 7F
03-6626-5080（営業）03-6626-5082（編集）

印刷　広研印刷株式会社
製本　株式会社若林製本工場

ISBN 978-4-265-09195-9 NDC913 160P 19×13cm

Published by IWASAKI Publishing Co., Ltd.
Printed in Japan

岩崎書店HP https://www.iwasakishoten.co.jp
ご意見ご感想をお寄せください。info@iwasakishoten.co.jp

乱丁本・落丁本は小社負担でおとりかえいたします。